ハヤカワ文庫 SF

〈SF2297〉

宇宙英雄ローダン・シリーズ〈625〉

美しき女アコン人

H・G・エーヴェルス＆トーマス・ツィーグラー

星谷 馨訳

早川書房

8560

PERRY RHODAN

AUF DEM WEG ZUM LICHT

DIE RAUM-ZEIT-INGENIEURE

by

H. G. Ewers

Thomas Ziegler

Translated by
Kaori Hoshiya
First published 2020 in Japan by
HAYAKAWA PUBLISHING, INC.
This book is published in Japan by
arrangement with
PABEL-MOEWIG VERLAG KG
through JAPAN UNI AGENCY, INC., TOKYO.

目次

美しき女アコン人……………………七
時空エンジニア……………………一四一
あとがきにかえて……………………二八一

美しき女アコン人

登場人物

アトラン……………………………アルコン人。深淵の騎士
テングリ・レトス＝
テラクドシャン………ケスドシャン・ドームの守護者。深淵の騎士
ジェン・サリク…………………………テラナー。深淵の騎士
ドモ・ソクラト（ソクラテス）………ハルト人。アトランのオービター
ボンシン（つむじ風）…………………アバカー。レトスのオービター
クリオ…………………………………サイリン。サリクのオービター
ギフィ・マローダー（モジャ）………もとアストラル漁師
バス＝テトのイルナ…………………謎のアコン人
ホルトの聖櫃…………………………謎の箱
シヴァ…………………………………時の子供
スウ・オオン・フー…………………深淵の住民。ルラ・スサン
クラルト
ライーク………………………………グレイの領主。領主判事
ミゼルヒン……………………………時空エンジニア

美しき女アコン人

H・G・エーヴェルス

1

数千年という年月が一日のごとく過ぎ去り……

〝虐げられた者たち〟が目ざめた。なぜ目ざめが訪れたのかも、いまどこにいるのかもわからない。

いきなり夢を破られ、覚醒に追いやられて、かれらの意識がもがき、黒い湖を泳ぎはじめる。未知なる力によって無理やり投げこまれたときに、たどりついた岸をめざして。

あの岸まで行けば、なにかわかるかもしれない。

波は黒く凍えるほど冷たかった。そういう気がするだけで、実際にからだが水に浸かっているわけではないのに。それはほんものの湖ではない。わかっていてもすぐに忘れてしまう。だがやがて、自分がべつの複数存在の意識にとりかこまれているのを感じた。

それらは、ちがう夢のなかで、同じような岸のあいだを泳いでいる。そのとき、すべてを思いだした。

ただ、帰り道がわからない。

意識は流れに逆らって泳ぐうち、消耗してきた。先に進むことができない。しばらくそのまま泳いでいたが、波に押し流され、渦にのみこまれてしまう。

規則的なかたちをしたグレイの波にもまれ、絶望感が去来する。下を見れば底なしの暗闇。上を見ればなにもない……

そこに、光が見えた！

光の発生源はふたつある。ひとつは白い光点で、もうひとつは円盤のような赤い光だ。

それからすべてが変化した。

なにもなかったところに突然、さまざまな色をちりばめた丸天井があらわれる。光はそこから射してきていた。グレイの波に多彩な光が反射し、不気味な暗闇の底までもつらぬいて、それまでなにもないように見えたところに輪郭が浮きあがってきた。

〝虐げられた者たち〟が声にならない声をあげる。意識は過酷な波の束縛から解放されようと手足をばたつかせ、もがいて水面上に向かった。意識は視覚器官を持たない。

〝虐げられた者たち〟とは、いまなお分断されているから。それでも意識は記憶のなごりと想像力を使い、傷ひとつない白い塔の映像をその目で見た。だが、たちまち苦痛に心を焼かれる。その映像から連想するものは力と偉大さではなく、敗北と無力さと囚《とら》われの屈辱だから。破壊できない鎖のように、それが意識を不気味な静寂に縛りつけ、硬直させる……

これまではそうだった。だが、それがずっとつづくわけではない。

はてしなく暗い記憶の小部屋から、閃光に照らされた映像があらわれた。荒涼としたグレイの塵雲《じんうん》が星々またたく大空をおおいつくし、その雲のなかから奇怪なシルエットの構造物が舞いおりてくる。

それとともに、なにかがやってきた。なにかがその構造物から外に出て、夢の軛《くびき》に囚われているかれらを見つけた。そして軛を破壊し、かれらを連れていく。

〈どこへ?〉それに関する記憶は断片的なもので、つなぎ合わせてもまったく意味をなさない。

〈なんのために?〉

この問いも、見通せない闇のなかにのこされたままとなる。

〝虐げられた者たち〟の意識は、正しい方向を感知したと思ってそちらを手探りするたび、なにか恐ろしいものに脅かされた。そのつど、海底地震のあとの海よりもひどく攪《かく》乱《らん》されてしまい、あわてて跳びすさる。

だが、それでも探るたびに、わずかながら先に進んでいくことができた。すこしずつだが、真の記憶に近づいているとわかる。

ただ、あまり近づきすぎるとやけどすることになり、そのたび後退させられた。そのショックでふたたび記憶を奪われ、のこるのは感情にもとづくかすかな印象だけとなる。その印象は〝虐げられた者たち〟の不安を呼びさました。自分たちが救いだされた理由はひとえに、操作され悪用され、恐ろしい行為をさせられるためだと気づいたから。

とはいえ、同時にその印象はかれらに希望ももたらした。不運に立ち向かい、恐ろしい行為ではなく自由のために行動しようという、意志が生まれたのだ。

やがて、真っ暗な闇のなかに叫び声が響きわたった。稲光がひらめき、宇宙空間が震動する……

＊

プシオン・エネルギーだ……

ギフィ・マローダーはうなじの産毛が逆立つのを感じ、無意識にセラン防護服のプシ・フィールド・デテクターを手探りした。それがないと気づいたとき、焼き切れたんだとようやく思いだす。同じく、セランもここにないのだった。いずれにせよ、自分は身につけていないし、周囲にも見あたらない。実際はまだ全装備がそばにあるはずなのだが。じかに見たり触れたりできないのは、別次元の極薄フィルムみたいなもので遮断されているからだろう……たぶん非物質のかたちで。だが、もとアストラル漁師はそれ以上このことを考えるのはやめた。ただでさえ不気味な事態になっているのだから。

「あそこだ。下にいるぞ！」領主判事クラルトが割れるようなだみ声で叫んだ。かさついたように見える手を伸ばし、ほぼ全透明なコクピット壁の外をさししめす。「降下しろ、グルケ、グルケ！」

〝グルケ〟と呼びかけられたパイロットが棒のようなからだを、すばやくあちこちへずらした。グライダーは左に大きくかたむいたと思うと、いっきに降下していく。

色とりどりに輝くぎざぎざのクリスタル構造物が見えた。内部では絶え間なく稲妻が光っている。その眺めにマローダーは魅了された。それだけでなく、すこし恐れてもいる。あのガラス迷宮のなかでプシオン・エネルギーが荒れ狂っているからだ。かれにはわかる。かつてそれを商売にしていたのだから。

マローダーは領主判事クラルトを横目でちらりと見た。クラルトは数分前、ガラス迷宮にいるという〝影法師軍〟について言及したもの。影法師と呼ばれるからには、なにか理由があるにちがいない。それをぜひ知りたいと思うが、質問することはできないのだ。〝領主判事ライーク〟なら当然、知っているはずだから。

ガラス迷宮のようすをよく見ようと、身を乗りだす。これまで深淵の騎士の姿はまだ見かけていない。いまもやはり見つからなかった。

そのかわり、べつのものを発見した。高さ五十メートルほどのとりわけ美しいクリスタル塊がいくつかあって、そのあいだに姿の異なる者たちの群れがあらわれたのだ。なんなのか最初はよくわからなかったが、グライダーがクリスタルのてっぺんから数メートルの高度まで近づくと、詳細が見えてきた。

ライトブルーの着衣に身をつつんだ円錐形生物の一団が、一列縦隊でパイプのようなものを運んでいる。マローダーは思わず、フードつきマントの下にかくした腕ほどの長さの棒状武器を手探りした。衛兵のひとりが落としたものだ。まだそこにあるのがわかってほっとした。

そのあいだに、グライダーは次なるグループの上を飛びすぎていく。こんどはヒューマノイド生物だ。ただ、頭部は金色のヘビに似ていた。大型プロジェクターを搭載した薄い反重力プラットフォームに、それぞれ四名ずつすわっている。

次に見た第三のグループは、まるいカラフルな物体がくっつき合って群れをつくっていた。その大きさと形状からして、テラの子供が遊ぶ風船みたいだ。地面のすぐ近くを浮遊している。一個一個の風船がしょっちゅう位置を変えるので、群れのかたちはたえず変化する。武器は持っていない。

パイロットがコースを変え、峡谷が見えた。マローダーは思わず大きく息を吸いこんだ。そこにケンタウルスが十二体いたのである。

二十万年以上前のテラでカピンが遺伝子実験によってつくりだしたケンタウルスと、

驚くほど似ている。どの個体も黒い毛皮とバラ色の尾を持ち、人間の上半身をブルーの鎧《よろい》につつんでいた。腕にも装甲をつけ、頭には通信アンテナを装備した金属製ヘルメットをかぶり、胸と背中につけた大きな鎖ベルトにたいらな箱形装置をぶらさげている。

おそらくバリア・プロジェクターだろう。

ただし、このケンタウルスの顔は人間というよりサルだ。しかも、とうに絶滅したテラの親戚との決定的なちがいはなにかというと、角張った姿のちいさなヒューマノイドを乗せていること。全身が金属でおおわれているので、見た目では有機生物かロボットかわからない。この〝騎手〟が手にしている金色の物体はファゴットそっくりである。

もとアストラル漁師は首を振った。ファゴットを持ったあの騎手が深淵の騎士を相手に戦うとは、とても想像できない。

「どうした、ライーク？」クラルトが不審げにたずねた。

「なんでもない」マローダーはぼうっとしたまま答える。「考えていただけだ。あのケンタウルスの騎手、楽器を使って戦うのかと」

「ケンタウルスの騎手？」領主判事は当惑しておうむ返しし、「ひょっとして、ハララシュに乗ったゲッテたちのことをいっているのか？」

「あたりまえだ」マローダーは力をこめて応じた。「ほかにだれがいる？」

だが、心のなかではまだ自問していた。あのファゴットに見えるものはいったいなんだろう？　騎手と〝騎乗用動物〟の名前については、奇妙だとも思わない。変な名前なら、これまであまりにたくさん耳にしてきたから。

「だったらなぜ、ケンタウルスの騎手などと呼んだのだ？」クラルトがしつこく訊く。

「ケンタウルスだからさ」

ついそう答えたあと、はっとした。グライダーがまさにその場所……ハララシュとゲッテたちのいる峡谷の真上に浮かんでいることに気づいたのだ。こっそりパイロットを見る。もしかしたら、自分の考えをグルケが読んで、この方向をめざしたのかもしれなかった。だがそもそも、グレイの棒一ダースを好き勝手に組み合わせたようなこの生物が、なにかを考えるのかどうかもわからない。

マローダーはあれこれ推測するのをやめた。なぜかというと、峡谷にいる騎馬隊が増えているとわかったから。一ダースだったのが、倍ほどの数になっている……しかも、見ているあいだにどんどん増えてくる。

よく目を凝《こ》らして観察してみたが、ハララシュとその乗り手は峡谷の両側にある通路から出てくるわけではなく、クリスタルの壁から直接あふれてくるように見えた。どこかに隙間があるのかと探してみたが、ひとつも見つからない。

ところが、さらにもうひと組の騎馬隊があらわれたとき、わかったのだ……虚無から出現したと。とりわけ美しくきらめく巨大な一クリスタル塊の、まさにてっぺんから。

「なるほど！」マローダーは茫然として口走った。「あそこで実体化しているのか！どうやらプロジェクションだな」

「いまさらなにを。影法師の正体は知っているだろう！」クラルトがいきりたつ。「覚醒クリスタル常用のせいで記憶がやられたというなら、話はべつだが」

「ばかな。あの白粉《おしろい》のせいではない」

「だったら、例の転送機の不具合が原因か」クラルトはさっきの話を蒸し返した。

そこにヒントがあると思ったマローダーはこのチャンスをすかさずとらえ、

「たしかにそうだ」と、応じた。「ある特定のハイパー放射には、中枢神経系の電気化学的バランスを混乱させるものがある。どうにかして対処法を考えないといかんな。困ったことに、影法師軍に関する記憶をほとんどなくしてしまった」

「では、説明してやろう」クラルトが熱心にいった。「〝トリイクル９〟の再構築にとりくむことになった時空エンジニアは、ヴァジェンダ王冠のなかに〝メンタルコピイ保管所〟をつくったのだ。そこには、深淵内で種族放浪に見舞われた全知性体の意識のコピイがのこる。このメンタルコピイがあれば、全深淵種族の精神的平均値を計算することが可能になり、どこにどう配分するか、コンピュータでシミュレーションできるわけだ。思いだしたか、ライーク？」

「あ、ああ」ためらいがちに答えたものの、いま自分の持っている知識だけではなんのことやらさっぱりだ。話のほとんどは理解できなかった。

「あまり自信がないようだな」と、クラルト。

「ぜんぶを思いだしたわけじゃないんでね」マローダーはいった。「影法師がなんなのか、まだよくわからない」

「きみはプロジェクションといったが、そうではなく、影法師は一種の実体化ホログラムだ。ガラス迷宮にいるルラ・スサンがメンタルコピイを使ってつくりだしている。影法師が実体でいられるのは、ヴァジェンダ王冠がヴァイタル・エネルギーによって安定しているあいだだけだ。ヴァジェンダがグレイになったら影法師は実体を失い、たちまち消える」

「思考と感情を持った存在が、そんなにあっさり消えてしまうのか？」

「本当になにもわかっていないな」クラルトの割れ声が響いた。「影法師は思考することもなにかを感じることもない。それをするのはヴァイタル・エネルギー貯蔵庫に保管されたメンタルコピイのほうだ。メンタルコピイが影法師をいわば遠隔操作しているということ。ヴァイタル・エネルギーが充分にあるかぎり、消えてもまたあらたにつくりだせる」

「そうそう、そうだった！」マローダーは思いだしたふりをした。

影法師が思考も感情も持たないと聞いて、ほっとする。深淵の騎士たちが影法師軍と戦うさいには心おきなく協力しようと、決意をかためた。

〈なんとかなりますよ、ご主人！〉シヴァのメンタル・メッセージが伝わってきた。

〈ただ、その前にほんものの領主判事ライークを探しださなくては。かれがいないと、カムフラージュをもとにもどすことができません〉

〈なぜできないんだ？〉マローダーはとまどって訊き返した。シヴァならどんな奇蹟も起こせると思っていたのに。

〈それならいいますが、わたしは魔法使いではありません！〉と、謎めいた存在が応じる。〈外見をカムフラージュするには、つねにあなたがその場にいる必要があるのです。おそらく、あなたが触媒の働きをするファクターを持つからでしょう〉

ふむ！　マローダーは考えた。自分の記憶には失われた部分がある。ブロックされているか、あるいは破壊されたか。いずれにせよ、その記憶のなかにそうしたファクターに関する内容もあるにちがいない。

〈よし。では、ライークがどこにいるか教えてくれ！〉

〈それがわかるくらいなら、とっくに教えています。探知できないのです。まるで死んでしまったみたいに〉

「なに？」マローダーは驚きのあまり声を出した。思考でつけくわえる。〈まずいぞ。かれが死んだらわたしはずっとこの姿のまま……そんなの、いやなこった！〉

〈あわてないで！〉プシオン卵が忠告した。〈もしライークが死んだとしても、まったく打開策がないわけではありません。つまり、かれがあなたの姿で死んだのなら〉

「こんどはいったいなんだ、ライーク？」クラルトが不安そうに訊く。またもや怪しみはじめたらしい。

「いったいなんだ、なんだ、なんだ！」マローダーはばかにして哲学者のまねをし、グレイ領主になったおのれの姿を嫌悪感もあらわに見おろした。「いちいち騒ぎたてるんじゃない！　その出しゃばりな口を閉じろ。さもないと、頸をひねり切るぞ！」

クラルトは唖然としたようすでフードつきマントの上から自分の頸に両手を当てた。

「わたしを脅迫するのか。グレイ議場のメンバーで領主判事のわたしを！」声が裏返っている。「その手を使って暴力に訴えるというのだな！」

「足も使えるぞ」マローダーはいいかえす。すでにもう怒りは冷めていたが。「とはいえ、きみの骨張ったからだを蹴って足の指を痛めてはかなわん。ま、そういきりたつな、老いたロバ！　もう悪態はつかないから」

「だったら、わたしもさっきの脅迫については忘れよう」と、クラルト。「ところで、〝老いたロバ〟とはなんのたとえだ？」

「きみのような人物に対する尊称さ。ロバというのはつまり、色がグレイの動物だ。老いたロバとくれば、ふつうは賢いものだろう」

見ると、グライダーはまだ相《あ》いかわらず、ケンタウルスと騎手の実体化ホログラムが生まれてくる峡谷の上空にいる……ガラス迷宮でプシオン・エネルギーが荒れ狂っているると感じた理由が、それでわかった。マローダーはパイロットに声をかけた。

「もっと先へ飛べ、グルケ！」と、相手の〝背中〟に見えたところを軽くつつく。

それっきり、なにも考えられなくなった。パイロットのからだを構成しているグレイの棒一ダースが突然、ばらばらになって落下したのだ。マローダーはあわてて跳びのく。棒は床に転がったまま、動かなくなった。

「なんてことを！」クラルトが目をむいて金切り声をあげる。「どうしてグルケに触れたりした！　ガストロード種族が不可触だということも忘れてしまったのかね？」

「そうらしい」マローダーは消え入るような声で、「グルケは死んだのか？」

「それもおぼえていないとは！　ガストロードは同族以外の者に触れられると、仮死状態となって硬直するのだ。それがいつまでつづくかわからない。だれがグライダーを操縦するんだ？」

「わたしがやろう」と、マローダー。グルケを死なせてしまったわけではないと知り、ほっとした。

しかし、操縦席にすわってみて愕然とする。いままで見たことのあるどんな操縦システムとも異なるのだ……自分はかなりの種類の操縦装置に習熟しているのに。これはというと、たいらな窪みのなかにシリンダー状のパイプ十二本が突きでている。パイプは薄い円板のようなセグメントで何カ所も分割され、それぞれ独立して前後に動かせるしくみだ。使い方を習得してグライダーを操縦できるようになるには数時間かかるにちがいない。さもないと、動かしはじめたとたん、とんでもない操作ミスをすることになるだろう。

〈わたしにまかせてください、ご主人！〉シヴァがまた声を出さずに伝えてきた。

マローダーは気づかれないようにうなずき、両手を慎重にパイプの上に置く。せめて動かし方を知っているふりをしようと思って。

〈ほんもののライークを探してくれよ！〉と、思考を送る。

シヴァの返事はなかったが、グライダーがいきなり速度を増した……ものすごい勢いで。おかげで領主判事クラルトはシートからほうりだされ、どこかに激突してしまう。どすん、がたんと盛大な音がして、マローダーは思わず顔をしかめた。哲学者が全身の骨を折っていなければいいのだが。

2

かくれ場のすぐ上を、影のようなものが過ぎ去っていく。わたしは思わず頭を引っこめた。近くにいた駆除者の一団がインターヴァル銃を発射。だが、影はたちまち遠ざかった。

「グライダーだ」わたしはヘルメット・テレカムで同行者たちに告げた。「とはいえ、こちらを狙ったわけではないらしい……しかも、影法師軍の陣地のほうからきていた」

「藤色のシンボルマークがあったぞ」ジャシェム二名のどちらかがいった。黒い防護服の透明ヘルメットを通して顔を見ると、カグラマス・ヴロトだ。「この情報を使って予測最終値を算出できるか、アトラン？」

いいたいことはわかった。ジャシェムが〝予測最終値を算出する〟という場合、たとえばテラナーが連想するようなこととはべつの意味になる。蛋白質《たんぱく》とアミノ酸からなるコンピュータ……わたしの脳もこれに分類される……がデータを論理的に分析してたしかな結論を引きだす、その能力のことを表現しているのだ。

「情報がたりない」と、答えておく。

〈そんなはずはない！〉付帯脳がせせら笑うような口調で、〈藤色のマークはグレイ領主のシンボルだ。つまり、グレイ議場のメンバーということ〉

もちろん、それは知っている。ただ、これまでの記憶をたどってみて、なぜあのグライダーが〝ちがう方角〟からきたのかが腑に落ちないのだ。

「あれが領主判事のグライダーだというのはわかる」わたしは急いでヴロトにいった。「ただし、なぜ影法師軍のいるほうからきたのかは不明だ」

「クラルトが偵察飛行しているのかも」ジェン・サリクの声が割りこんだ。

だが、議論をつづける時間はなかった。次の瞬間、影法師軍の大規模攻撃がはじまったのだ。敵は背後からこちらに向けて、直線加速する反重力プロジェクターで小型核爆弾の雨を降らせる。厚さ三メートルの金属ベトン壁でも破壊できそうな爆発の轟音《ごうおん》が響きわたった。家ほどの高さがあるクリスタル塊が粉々になり、大量の破片が降りそそいで、最大強度にセットしたわれわれの防御バリアをおおいつくす。探知システムが効かなくなり、方向を見失った。それでもさいわい、わたしと仲間のバリア・プロジェクターは持ちこたえた。駆除部隊の何名がバリア崩壊によって命を奪われたかは不明だが。

半時間ほどのあいだ、爆発は間断なくつづいた。見えるもの聞こえるものは、クリスタルの細かい破片と、ティラン防護服の防御バリアがたてる不気味なくぐもった音だけ。

それらが突然しずかになったとき、のこされた時間は多くないとわたしは判断した。

「脱出せよ！」ヘルメット・テレカムに叫ぶ。みなに問題なく声がとどくといいのだが。

同時に、ティランに思考命令をあたえる。フル作動でからだを支えて外に出せ！ わたしは両手両足を必死に動かした。ティランが個体バリアの周囲に重力場の変動ゾーンをつくりだしたおかげで、ほぼ無重力状態で動くことができる。一方、個体バリアの外側では広範囲に重力が増加していた。

ほどなく、瓦礫《がれき》の山の最上層部まで到達。しかし、すぐに影法師軍の攻撃の第一波が、石を投げればとどく距離まで迫ってきた。メタリックな輝きをはなつ鎧のようなコンビネーションを身につけた、ほぼヒューマノイドに見える生物が複数、飛翔装置で向かってくる。頭部は球形の透明ヘルメットにつつまれているが、その奥は、渦巻く金色の埃《ほこり》のなかでは見通せない。

影のようにはまったく見えない影法師たちは、手袋をはめた手に腕ほどの長さの筒状武器を持っていた。その黒い銃口から、信じられないほどまばゆい光がみじかい間隔でひらめく。光の〝寿命〟はせいぜい一ミリ秒といったところだが、非常に強いエネルギーを発するものだ。ほぼ例外なくこちらの個体バリアに命中し、そのたびにバリアが恐ろしげに揺らめく。

「反撃！」と、ヘルメット・テレカムに叫んだ。

とはいえ、あまり気分はよくない。影法師は意識によって遠隔操作されている実体化ホログラムにすぎないと知っているが、見た目は完全に思考と感情を持つ生命体なのだ。わかってはいても、やはり良心がとがめる。

武器システムはすでに思考命令によって、まさに〝袖のなかから手品のごとく〟作動させていた。ポルレイター技術の産物である、手の長さのブルーグレイの鏃《やじり》が六つ、くりだされる。鏃というより、折り紙でつくった全翼機みたいだ。三角形がぜんぶで四つ、たがいに直角になるように組み合わせてある。

だが、もちろんこれは遊び道具ではない。ティラン経由で命令をあたえたあとは、鏃は完全に自立作動してわたしの周囲を飛びまわる。間断なく発砲し、そのたびに目標を撃墜しては、次の目標を探すのだ。必要とあれば共同作業することもある。

こちらの防衛が功を奏しはじめた。わたしとサリクの武器は暗示作用に切り替えてある。影法師にはこれがいちばん効くことが、いまではわかったからだ。暗示ビームは本来、相手を平和的にさせる作用を持つのだが、影法師に関してはそうはならず、半透明になって内側から白熱し、やがて消えてしまう。

笏《しゃく》をパラライザーにセットした駆除部隊も同じ効果を発見していた。麻痺ビームが影法師に命中すると、ほんものの生物の場合と同じく硬直する。すると、かれらを操っている意識たちにとってはなにもできなくなるため、やはり消えるのだ。しかし、これがうまくいくのは影法師が防御バリアを張っていないときだけ。バリアがあるなら駆除者はインターヴァル銃を使うしかない。

ただ、今回はその必要はなかった。相手がバリア・プロジェクターを装備していないから。というわけで、こちらはすぐに反撃できた。

それでも、たちまち第二波が押しよせてくるので、息をつくひまもない。こんどの影法師はライトブルーの衣服を身につけた円錐形生物だ。平均身長は一メートル半。一列縦隊でこちらに進んでくると、散開し、ものすごい勢いで向かってくる。指ほどの長さの棒状武器から、鉛筆の太さの赤い弾丸が発射された。こちらの防御バリアに当たるとはげしく振動する。駆除者のひとりが三発の弾丸を同時に受けたさい、まばゆいブルーの閃光とともにバリアが崩壊したのが見えた。四発めの弾丸で、巨体は死んでくずおれた。

その後すぐに弾が三発、わたしにも飛んできて、ティランのバリアを振動させた。無色のエネルギー球が崩壊することはなかったものの、はげしい放電でほぼ一分間、探知システムが効かなくなる。視界を奪われ、行動不能となった。さいわい、こちらがなにもしなくとも武器システムは機能している。ほぼ十五分後には、攻撃者の第二波も姿を消した。

しかし、わが陣営はその前に大型インターヴァル砲の猛威にさらされていた。すさまじい破壊力だ。最初の攻撃をかわせたのはひとえに、こちらの陣地の数百メートル向こうに着弾したからにすぎない。インターヴァル砲の砲手はおそらく、われわれとグレイ軍団の先遣隊をとりちがえたのだろう。かれらはこのあいだに、われわれの近くまで進出してきていたから。気がつけば、数をかなり減らしている。敗残兵はいちはやく撤退していた。

駆除部隊はと見ると、武器を使ってかくれるための穴を掘っている。予想されるインターヴァル砲の攻撃から身を守ろうというのだろう。英雄的行為ではあるが、無意味だ。もしインターヴァル砲がこちらの陣地に命中したなら、穴にもぐったところで、せいぜい死ぬのが一秒遅れるくらいのもの。

身を守る手段はただひとつしかない。

「反撃だ！」わたしはヘルメット・テレカムで呼びかけた。「いちばん近くにある砲を作動不能にする！　前進！」

かくれ場から急いで出ると、前方へ突進した。インターヴァル砲の投入を防ぐには、とにかく速く動くしかない。わが仲間たちと駆除部隊もそれは承知していて、わたしと同じく必死に走った。

インターヴァル砲の位置は、炎が見えるので遠くからでも見当がつく。二分ほど前進すると、最初の砲が視界に入った。

ちょうど丘のようにそびえる一クリスタルを過ぎたところで、大型プロジェクターを載せた細身の反重力プラットフォーム二基を発見。武器を操作しているのは、ダークグリーンのコンビネーション姿のヒューマノイドだ。ただし、金色の頭部はヘビのそれだが。

ヒューマノイドはわたしと仲間に気づいて、プロジェクターの発射口を向けようとしたが、むだな悪あがきというもの。こちらのほうがずっと動きが速い。おまけにこの砲手たちはバリアを展開していないので、なんなくかたづけることができた。かれらを操る意識たちは、われわれの反撃を計算に入れていなかったのだろう。

「プロジェクターは破壊するな。略奪しろ！」砲手が消え去ると、わたしは叫んだ。

サリクと協力して反重力プラットフォーム一基を手に入れる。テングリ・レトス＝テラクドシャンと駆除者のひとりがもう一基を奪い、全員、まっしぐらに自陣をめざして飛んだ。プラットフォームとプロジェクターが〝ほんもの〟なのか、それともやはり実体化ホログラムにすぎないのかは、わからない。じきに判明するだろう。

ところが、途中で足どめされることになった。

突然、近くにあるクリスタルの丘の上に、なにやらまるっこい物体の群れが無数にあらわれたのだ。テラナーの子供が遊ぶ風船に似ている。武器らしきものは見えないが、その存在を強烈に感じる。

サリクとわたしのティランも、駆除者たちの防護服も、一部の機能が効かなくなり、防御バリアが崩壊した。影響を受けないのはハトル人の半有機コンビネーションだけのようだ。

わたしはティランに思考でスタート命令を出した。未知なる武器の作用範囲からできるだけ遠ざかり、身を守ろうと考えたのだ。ところが、ティランが反応しない。ためしに声に出して命令してみたが、やはりだめ。ヘルメット・テレカムに聞こえる内容から、サリクと駆除部隊も似たような状況にあるとわかる。

ぶじなのはレトスだけらしい。反重力プラットフォームをはなれ、そこから急上昇して見えなくなった。かれの武器がどのように作用するのか見きわめることはできないが、三つの群れのなかで風船が次々に鈍い音をたてて消えていく。これに対して、サリクとわたしがはなつビームは曲がってしまい、まともに機能しない。風船の群れを探知できないようなのだ。駆除者たちも笏を使っているが、やはりなんの効果もなかった。

それでもどうやら、レトスひとりで影法師の群れをかたづけられそうに思えたとき、またもや予想外のことが起きる。峡谷の側壁から、思いもよらない生物が登場したのだ。その姿を見たとたん、わたしの頭に浮かんだのは、かつてペリーとともにゼロ時間デフォルメーターを使い、はるか過去のテラで冒険したときのこと……

あれはケンタウルスではないか！

とはいえ、タケル人の遺伝子実験で培養された怪物とはいくつか異なる点がある。バラ色の尾を持ち、人間の上半身をブルーに輝く鎧につつんでいるといった、外見だけの問題ではない。

このケンタウルスは人間ではなく、サルの顔をしているのだ。ただ、そのことが精神の質をしめすとはいえないが……つまり、かれらを操る意識の心理的資質という意味で。

ケンタウルス自身は丸腰に見えた。そのかわり、ちいさな角張ったヒューマノイドを乗せている。全身が金属でおおわれているので、一見ロボットのようだ。だが、数々の経験を持つわたしにはわかる。わずかなふるまいをよく見ると、ロボットではない。あれは有機生物の意識に操られている実体化ホログラムだ。

さらに、かれらは両手になにかを持っていた。それがなんであるか、わたしはよく知っている。人間世界と付き合いが深いので。

「ファゴットだ！」と、驚いて叫んだ。

「ちがう！」レトスの声だ。姿は相いかわらず見えない。「あれは楽器ではなく、セクスタディム歪曲装置だ。あの武器なら知っている。生命体や装備の素粒子構造を変質させるのだ。ハイパー次元性の防御バリアでもやられる。その作用に長くさらされたら、ふた目と見られぬ姿になるぞ。あの影法師にインターヴァル砲を投入しないと！」

これを聞いて、背中に冷たいものがはしった。わたしもサリクも駆除部隊も飛翔能力を奪われたままだし、武器も機能しない。どうやったらすみやかに、インターヴァル砲をケンタウルスとその騎手に投入できるというのか？

それでも、やるしかない。

最初から勝ち目のない作戦ではあるが。

われわれは必死になって這い進んだ。インターヴァル砲の指向性スイッチのところへたどりついたとたん、ケンタウルスたちも攻撃に出てくる。一騎手がセクスタディム歪曲装置をこちらに向けたのが見えたので、わたしはサリクを引っつかみ、プロジェクターの背後に跳びすさった。次の瞬間、耳が聞こえなくなり……インターヴァル砲はすっかり変形してしまった。まるで抽象芸術作品のようだ。

見あげると、二体めのケンタウルスが疾駆してくる。騎手がセクスタディム歪曲装置でわたしに狙いをつける。わたしは絶望に駆られ、ふたたび武器をくりだそうとしたが、やはりだめだ。ティランで上昇することもできない。

〈こんどこそ終わりだ！〉論理セクターが口をはさんだ。〈なぜもっと前にどこかのパラダイス惑星に引っこみ、なにもかもほうりだして隠遁生活を送らなかった？〉

わたしはなにも答えず、セクスタディム歪曲装置の発射口をじっと見つめ、変形して怪物になることを覚悟した……

＊

透明ヘルメットの内側に女の顔が見える。はじめは、わが最期を甘美なものにするために下意識がつくりだした幻覚だと思った。だが、女の口が動いたとき、わたしは耳が聞こえない状態にもかかわらず、すぐに確信した。これは幻覚なんかじゃない、ほんものの人物だと。その姿がティランの通信装置によってヘルメット・スクリーンにうつしだされている……だれかが通信でわたしに呼びかけてきたのだ。

きわめて女らしく魅力的な、だれかが！

〈とんでもなく頽廃《たいはい》的だな！〉論理セクターが茶々を入れる。〈昔かたぎのりっぱな紳士だというのに、死を前にして女に気を引かれるとは！〉

「そのままでいてくれ！」わたしはそういったつもりだったが、彼女にとどいたかどうかはわからない。なにしろ、自分の声が聞こえないので。「わたしはアトラン。いまはちょっと困難をかかえているが、それが解決したらきみと話をしたい」

女は黒い目を見開き、驚きともなんともつかない表情をすると、ふたたび口を動かす。こんどは唇を読みとることができた。その言葉がまぎれもなく、わたしの慣れ親しんだインターコスモだったからだ。そのときはじめて、自分自身が深淵スラングでなくインターコスモを使って話していたことに気づいた。

〈わたしの名はバス＝テトのイルナ！〉と、彼女の口が動く。濡れたようにつやつや輝く唇。これまでに見たことがないほど美しい。〈あなたを助けてあげる。それからまた連絡するわ〉

プロジェクションが消えた。

心臓がひとつ打ったあと、サリクの大声が聞こえるようになる。数名の駆除者とレトストとジャシェム二名がたがいに話し合っているのも。

耳がまた機能するようになった！

〈砲撃もやんだぞ！〉と、論理セクター。

わたしも気づいた。それだけではない。

ケンタウルスが、ファゴットに似たセクスタディム歪曲装置を持った乗り手もろとも、まるで存在しなかったかのように消えていたのだ。風船みたいな構造物の群れも、もういない。

「みんないなくなった！」ドモ・ソクラトが叫ぶのが聞こえた。その声はもちろん、ほかのすべての騒音を圧して響きわたる。「われわれ、敵を撃退したぞ。ハロー、アトラン。聞こえるか？」

「聞いている」そう答えながら、わたしは心ここにあらずだった。さっきの女のことが頭からはなれない。

彼女はアコン人だ！

まちがいない。赤銅色の髪、なめらかな褐色の肌、均整のとれた高貴な顔……あの左右対称性はアコン人女性に特有のもの。そのせいで容貌が損なわれることはまったくなく、かえって美しさが増すのだ。

それに、アコン人であることは彼女の名前が物語っている。それも、アコン貴族の出だ。バス＝テトという響きは古代エジプトを思わせるが、結局のところエジプトで使われた名前のルーツは、アコンもそうだがレムールにあるのだから。

「聞いている！」ハルト人がわたしの口まねをした。憤慨しているようだ。「いうことはそれだけか、わが騎士？　またとないチャンスだというのに。影法師軍にひまをあたえることなく、追撃して根絶やしにしなければ。攻撃命令を出してもらいたい、アトラン！」

〈やめさせろ！〉論理セクターがいさめる。〈われわれの敵は影法師軍ではなく、グレイ軍団だ。背後であらたな攻撃の準備をしているぞ〉

「却下だ、ソクラテス！」わたしは声を荒らげた。「この場にとどまり、ようすをみよう。つむじ風はもどってきたか？」

「まだだ」レトスが答える。いまはまた姿をあらわし、わたしの隣りにいた。「かすかにしかコンタクトできないところをみると、ヴァジェンダの奥深くに入っていったにちがいない。追いかけようと思う。なにか困難に巻きこまれたかもしれないから、助けなくては」

「いや、待て!」と、わたし。「バス=テトのイルナがまた連絡するといっていた。すぐになにかいってくるはずだ」

「バス=テトのイルナ……?」レトスは語尾を伸ばし、問うようにこちらを見た。「それはアコン人貴族の名前だが、アトラン」

その言葉の裏に山ほど質問がひかえているとわかる。わたしは興奮する気持ちをおさえ、せめて口にされない質問のいくつかに答えようとした。

「バス=テトのイルナは女アコン人だ」と、応じる。「いや、わたしも彼女を知ったのはほんの数分前にすぎない。偶然にこちらのテレカムのスイッチが入ったのだろう。とにかく、ヘルメット・ヴァイザーにいきなり彼女の顔がうつしだされたのだ。わたし同様、向こうもびっくりしたようだった」

「しかし、通信コンタクトがとれたということは、彼女は深淵の地にいるはず。ここでは外界との通信は不可能ですから」ジェン・サリクが割りこんできた。「深淵の地にアコン人がいるというんですか、アトラン? それは、ここで偶然だれかほかの人間に行き会うのと同じくらい、ありそうもないことですが」

「彼女、どの言語を話していた?」レトスが訊く。相手をおちつかせるその冷静さは、ほかのたいていの知性体とくらべて比類なきものだ。

「最後はインターコスモだった。彼女の唇を読んでわかったのだが。こちらは耳が聞こえなかったもので」

「わたしもそうでした」と、サリク。「セクスタディム歪曲装置の影響でしょう。恐ろしい武器だ！」

「〝最後は〟インターコスモを話したといったな」レトスはサリクのコメントに惑わされずにつづける。「つまり、最初はちがう言語を使ったわけだ。どのような？」

「深淵スラングだと思う」わたしはたいして考えることなく答えた。「だから、唇を読むことができなかったのだろう。わたしはインターコスモほど深淵スラングに習熟してはいないから」

「深淵スラングも自由に操れるではないか」と、レトス。

「だが、インターコスモと同じというわけではない」

レトスはかすかに笑みを浮かべて、

「ほぼ同じだよ、アトラン」と、親しげにいう。「とにかく、唇を読めるくらいには習熟している。きみはすべてを写真におさめるような記憶力を持つのだから。さっきわたしは〝深淵スラングも自由に操れるではないか〟といったが、声には出さずに唇を動かしただけだ。気づかなかっただろう」

〈みごと、ぺてんに引っかかったな!〉と、付帯脳がささやく。

〈ばかな!〉わたしは思考で返した。〈テングリは友をぺてんにかけたりしない。あることを証明するため、実際にやってみせただけだ〉

声に出してはこういう。

「だったら、彼女が話したのは深淵スラングでなくアコン語だろう」だが、そういったとたん、アコン語でも唇を読むことはできたはずだと気づいた。アコン語はわが母語、アルコン語の原型にほかならないのだから。

「どうやら自分でも気づいたようだな。顔を見ればわかる」と、レトス。

「その人物が最初に何語を話したかなど、まったくどうでもいいと〝かれ〟は考える」ジャシェムのひとりが口をはさんできた。「そんなことより、可能性を分析しなければなるまい。影法師が撤退したのは、彼女が原因だったのかどうか」

「わたしはそうだと思う」レトスだ。「バス=テトのイルナは消える前に、また連絡するとアトランに約束した。つまり、因果の鎖を閉じるためには、彼女がアトランを救うつもりでいて、その方法も知っていたという可能性をパーツとしてはめこむ必要がある」

「救うのはアトランだけでなく、われわれもだろう」と、ソクラトが割りこむ。

「彼女の興味の的はアトランだけだ」レトスが訂正した。「本題にもどろう。わたしはジャシェムとちがい、バス＝テトのイルナが最初に話した言語を知るのはとても重要だと考えている。インターコスモでも深淵スラングでもアコン語でもなく、ほかにアトランが知るどんなものとも異なる言語をしゃべったのだから」

「なぜそれが重要なのか、理由がわからん」ジャシェムのひとりが不機嫌にいう。

「理由に関してはまたべつの問題さ」レトスは鷹揚《おうよう》に応じた。「すべての知識を即座に使うことはできない。本当に必要になったとき、はじめて使えるのだ」

「イルナがわれわれを罠にかける気ではないかと疑うような口調はやめてもらいたい！」わたしはかっとなった。レトスが強情なので、頭に血がのぼったのだ。

「そんなふうに思えたのだったら、申しわけなかった」レトスがおだやかに謝罪する。

怒りはおさまり、わたしはわが身を恥じた。自制心を失ってしまい、友に悪印象をあたえたにちがいない。だが、その印象を払拭《ふっしょく》する言葉を探しているうち、耐圧ヘルメットの内側にふたたびイルナの顔がうつしだされた。おかげで、すべてを忘れてしまう。

「われわれの困難を解決してくれて感謝する、バス＝テトのイルナ」と、インターコスモで話しかけた。「いま、どこにいるのだ？」

「まだ解決されたわけじゃないわ、アトラン」と、アコン人女性は応じた。居場所に関する質問には答えない。「スウ・オオン・フーにいって影法師の攻撃をやめさせることはできたけれど、あなたたちが敵対的意図をもってガラス迷宮に侵入するのではないことを証明できなければ、また攻撃がはじまるでしょう」

「スウ・オオン・フー」と、くりかえす。「ルラ・スサンのひとりか？」

「ええ」

「では、かれと話をさせてくれ」

「残念だけど、それはできないの」

「しかし、われわれ、敵ではない！　その反対だ。われわれは深淵の騎士だから」

「深淵の騎士！」彼女のささやきは畏敬の念に満ちている。「あなたの声からそうだとわかったわ。そこにはほかにも騎士がいるのね？」

「テングリ・レトスとジェン・サリクという」そう答えながら見まわしたが、テラナーの姿が見えなくなっていた。ただ、気配は感じられるから、遠くには行っていない。

「テングリ・レトスも！」と、アコン人。ということは、レトスを知っているのか。

レトスが通信に割りこんできた。

「スウ・オオン・フーがわれわれの騎士オーラを感じとれれば、影法師軍を撤退させるはず。だが、それには距離がありすぎる。こちらのオーラを感じとれるよう、もうすこし近くにきてほしいと、かれに伝えてもらえないか、バス＝テトのイルナ？」

レトスが話しているあいだ、イルナの顔にはなにかを待ちかまえるような緊張感が漂っていた。その目に一瞬、恐怖が宿ったようにさえ思えた。わたしは疑心をこめた視線をレトスに送ったが、かれはいつものごとく冷静でおだやかな表情をしている。

「騎士オーラを感じとれるまでは、かれがあなたたちに近づくことはないわ」イルナがレトスの問いに答えた。「まして、ヴァジェンダのなかで一生物が暴《あば》れまわり、狼藉《ろうぜき》を働いたのだから。あなたたちの仲間でしょう」

「つむじ風か！」レトス＝テラクドシャンは声を張りあげ、弱々しい笑みを浮かべた。

「本名はボンシンという。アバカーの子供で、わたしのオービターだ。テレポーターでもある」それから暗い目をして、「また激情に駆られて意識を奪われていないといいが。すでに一度、そうなりかけたのだ。つむじ風に危機が迫っているのを感じる。そちらに行くことさえできれば……」

「それはスウ・オオン・フーが許しません」イルナがあわてたように反論した。「でも、わたしがあなたのオービターを見つけて帰すようにしてみます、光の守護者」

レトスはこうべを垂れた。なんとも定義できない微笑を浮かべながら。

「感謝する、猫の女神」

イルナの顔にさっと影がはしり、いきなり接続が切れた。

「猫の女神だと！」わたしは非難がましくいう。「イルナを侮辱したな、テングリ」

「すまない。つい口から出てしまった。〝バス＝テト〟という名前が古代エジプト神話に登場する猫の女神〝バステト〟を連想させたものだから」

「バステトの名はおそらくレムール起源だ」わたしは憤慨したまま反論した。「したがって、それが現代アコン人に使われていてもなんの不思議もない」

「レムール起源か、ふむ」レトス＝テラクドシャンは考えこんでいる。「たしかにそのとおりだが、それは事実を半分しか語っていない。バステトというのはもっと古い名前だから」そういってため息をつくと、わたしの肩に手を置いて、「すまない、アトラン。バス＝テトのイルナと太古の伝説とを、思わず結びつけて考えてしまった。それはもっと昔の話だから、彼女とは関係ない」

「いいさ」わたしは機嫌を直した。「われわれにとり、伝説や記録はときに重荷ともなる。イルナが気分を害して、こちらに協力するのをやめるといいださねばいいが」

「それはないだろう」と、レトス。「彼女はきみを生かしておきたいのだ……そうするには、きみの命を守るしかない。ひいては、われわれの命も」

レトスの視線が突然、かたまる。その理由はわたしにもわかった。この瞬間、サリクとのコンタクトがいきなりとだえたからだ。

ほかにも山ほど問題があるというのに！

「しかたない。ジェンを探しにいこう」レトス＝テラクドシャンがきっぱりいった。

3

ギフィ・マローダーはシリンダー状パイプを不審げに見つめた。円板のようなセグメントがときおり、不可視の手によって動いている。こんなものでグライダーを完璧に操縦できるなど、いまだに信じられない。

「どこへ行くつもりだ、ライーク？」領主判事クラルトがまたいつものだみ声で訊いた。

かつてのアストラル漁師はあわてて操縦パイプの一ミリメートル上に両手をかざし、自分で動かしているふりをした。

「あるものを探しに」と、むっつり答える。

「なにを？」クラルトはしつこく食いさがるが、マローダーすなわち領主判事ライークがぎろりとにらんだので、口をつぐんだ。

〈かれを見つけました！〉シヴァが伝えてくる。〈死んでいます〉

〈すべてのトロールにかけて！　どうすればいい？〉と、マローダー。それから額にしわをよせ、〈いったいなんだって、トロールなんかが思い浮かんだんだろう？〉

〈わたしも知りたいです〉シヴァは答え、〈騒がないで！　どうやらライークはあなたの姿のまま死んだようです。ただ、近くに行かないとはっきりわかりません。それまで冷静に、ご主人！〉

〈冷静に！〉

マローダーは思わずあえいだ。

装甲グライダーは旋回し、高度をさげる。ガラス迷宮がつくる丘と峡谷の上空に、家ほどの大きさの戦闘マシン五機が浮遊しているのが見えた。砲塔は作動していない。円形の谷のいくつかにはラタンが数百体いる。その背中からソルジャーが四千体ほど滑りおりてきて、進軍しはじめた。もちろん、かれらの正体をマローダーが知っているわけではないが、その動きと武装から見て、グレイ軍団のエリート兵士だろうと見当をつけた。

〈犬死にさせられるのだな！〉同情をおぼえてそう思考する。

〈あれは人工物で、意識も感情もありません〉と、シヴァが説明。〈その生体コンピュータは、プログラミングと、通信による補足の命令にしたがっています〉

〈代執行者か！〉マローダーは苦々しく考える。〈みずから戦いたくない知性体が、自分たちのために死んでくれる代執行者を育ててるわけだ。花でも育てたほうがよっぽどいいのに〉

〈それはちょっと、きれいごとすぎますね〉シヴァはそう答えてから、〈気をつけて。着陸します！〉

グライダーは空中で静止したのち、降下していった。周囲には戦闘マシンもラタンもソルジャーも、ほかの部隊もいない。ところどころで、クリスタル塊がエネルギー・ビームの飛びかったシュプールをうかがわせるだけだ。

丘ほどの大きさのクリスタルふたつのあいだに、双胴グライダーの残骸があった。二基あるエンジンの一基は黒く焼け焦《こ》げ、ハッチは吹き飛んでいる。

クラルトとマローダーの乗ったグライダーはすこしのあいだ残骸の上に浮遊したのち、その右側に着陸した。残骸のそばに横たわるグレイの姿を見たとき、マローダーは思わず息をのんだ。長いフードつきマントと、大きな黒い目がある楕円形の顔。

グレイ領主だ！

領主判事ライークにちがいない！

もとアストラル漁師は驚愕して、ライークの死んだ目をじっと見た。

すぐそばでなんともいいがたい声が聞こえて、ここにいるのが自分ひとりではないことを思いだした。振り向くと、領主判事クラルトがやはり死者を凝視している。その目には狂気の兆《きざ》しが見えた。無理もない！　グライダーで自分の隣りにすわっていたライークが、いま目の前で死んでいるのだから。

〈降りて！〉シヴァがせかした。〈かれのそばに立つのです！〉

訊きたいことは山ほどあったが、マローダーは口を開かなかった。もう、なにがなん

だかわからないのだ。どんな外見になってもいいから、もとの自分にもどりたいという

ことしか考えられない。さまざまな思いが交錯するなか、グライダーを降りて死者の横

に立った。領主判事の死んだ目を見てショックを受け、からだが震えるが、それでも内

なる衝動によってくりかえし見てしまう。クラルトが隣りにやってきたことにも気づか

ずに。

〈うまくいきますよ！〉シヴァのメンタル音声を受けとった。〈ライークは死んだとき、

あなたの姿のままでした。つまり、かれの本来の姿は傷ついていない。いまはショック

で死んだように硬直しているだけです〉

〈いったいなにが起きたのか、いつかわかる日がきたら、わたしは魔術師として全文明

惑星に名をとどろかせるぞ！〉と、マローダーが応じる。

そのとき、ちいさく笑う声がしたと思うと、次の瞬間、周囲一キロメートルにいる鳥

がぜんぶ死んで木から落ちてくるほどの……ガラス迷宮に鳥や木が存在すればの話だが

……ものすごい金切り声が聞こえた。クラルトだ。

「やれやれ！」と、マローダー。最初の驚きはもう克服していた。と、仮死状態のライ

ークのからだが液体のごとく流れはじめた。

もとアストラル漁師が不安に駆られて見守るなか、領主判事ライークがセラン防護服を着用した人間の姿をとりはじめる。正確にいうと、ギフィ・マローダーの姿を。

ところが、それが安定する前に一瞬、霧のヴェールみたいなものがひろがって……それが消えると、ふたたびライークがライークの姿であらわれた。

さっきとちがうのは、もう仮死状態じゃないということ。すこぶる元気に起きあがる。だが、こちらを見てかたまり、目を狂ったようにまばたかせた。同じく領主判事クラルトもマローダーを見て硬直したと思うと、ひと声うめいて気絶してしまった。

自分を見おろしてようやく、マローダーも得心した。もうフードつきマントではなくセラン防護服を身につけて、両手でシヴァを持っている。もとの姿にもどったことは、鏡がなくてもわかった。

「やれやれ！」と、もう一度いった。「これでひと安心だ。とはいえ、早いところ退散したほうがよさそうだぞ。グライダーにもどるか、友よ？」

〈あれは両領主判事が山要塞にもどるのに使うでしょう〉謎めいた卵形物体が答える。その表面にはn次元エネルギーの多彩な色の戯《たわむ》れが、これまで以上にはげしくきらめいていた。

「だけど、パイロットがばらばらになったじゃないか！」マローダーは混乱していて、相いかわらず声に出してしゃべっている。

〈もうもとどおりになりました〉と、シヴァ。

〈なら、いい！　しかし、われわれはどうする？　いわば敵地にいるんだぜ〉

〈すぐ近く、ガラス迷宮のなかに太古の退避路があって、ヴァジェンダ王冠とやらの近辺に通じています。そこまで行けば、いずれ深淵の騎士にも会えるでしょう〉

〈きみはなんでそんなことを知ってるんだ？〉マローダーは驚いた。

〈ガラス迷宮にはプシオン・エネルギーが満ちています。それを有効に利用すれば、わたしの目や耳となってくれるのです〉

　マローダーはうなずく。だが、さらに質問しようとしたとき、二キロメートルほどはなれた場所ではげしい爆発が起きた。この轟音では、たとえセランを着用していても自分の声が聞こえないだろうと考える。声に出さなくても思考で質問できることを、爆発がもたらしたショックでまた忘れていた。

〈パニックにならずに！〉シヴァが忠告する。〈影法師軍が攻撃準備をしているのです。深淵の騎士は持ちこたえるでしょう……われわれも退避路に入れば大丈夫です。わたしが入口に案内します、ご主人〉

〈急いでくれよ！〉マローダーは嘆息すると、知らず知らずまた声を出していた。「あのとき、水平軸を中心に揺れて消えたプシ・ブリンカーを追いかけたりさえしなければ、こんなことに巻きこまれずにすんだのに！」

「だからあのとき、そういったでしょう、モジャ」と、懐かしい声がした。「わたしの忠告を聞かなかったからです」

「ヒルダ！」ささやいたマローダーは、自分が感動していることに驚く。「わたしが謝るまで、ずっと口をきかずストライキするつもりじゃなかったのか」

「そうですよ。あなたが口を閉じろといったので」セランのポジトロニクスが応答。

「ですが、ストライキはもうとっくに中断させられました。もう一度やりますか？」

「こんどは中断はないな」と、マローダー。気がつくと、足がある方向に向かっている。どこへ行くのかは知らない。

「あら、そうでしょうか？」ヒルダが気どって応じる。

マローダーはにやりとし、

「わかったよ、なじみのお嬢さん。ぞんざいな態度をとってしまい、悪かった。許してくれるかい？」ポジトロニクスに対して、なんて口のきき方だよ！　そう思考でつけくわえる。

「まあね」と、ヒルダ。「本当に許すには、できるだけすぐに大きな花束を贈ってくれないといけません、モジャ」

「約束するよ。でっかいレインボーフラワーの花束をあげよう」

そこではっとして、

「レインボーフラワー？」と、ひとりごちる。「いったいなんでそんなことを？　レインボーフラワーなんて、そもそも本当にあるのか？」

〈わたしも知りません、ご主人！〉シヴァがささやく。〈でも、いっしょに突きとめることになるでしょう……それが本当にあるとすれば、どこに咲いているのかも〉

＊

退避路の入口があるのは、一クリスタル塊の半分の高さに位置するオーヴァハングのところだった。とはいえ、ギフィ・マローダーには目視も探知もできないのだが。

シヴァがかれの足を動かしてせまい突出部へと導く。クリスタルの反射する光がいくつも重層しているため、やはり目視はできない。

足がとまった場所は突出部の右のほうだった。マローダーは慎重に右手を横に伸ばしてみる……手が空《くう》をつかんだ。走査データによると、いま立っているのは高さ一・五メートルの隙間の前だ。幅もそれくらいあるので、なかに入れる。

シヴァがここに誘導してきたのだから、隙間の向こうにある退避路が途中で行きどまりになったり、せまくて進めなかったりすることはないだろう。

「祭り用イルミネーションにしてくれ、ヒルダ！」と、ポジロトニクスに命じ、隙間のなかに入っていく。

〝祭り用イルミネーション〟とは、観察のためにすべての光学装置を作動させること。それを知っているポジトロニクスは、ヘルメット・ランプと胸の投光器と袖のピンポイント・ライトを点灯させただけでなく、外側カメラの特殊フィルターと残光補助装置もオンにした。これで可視光線外のスペクトルもエレクトロン的に把握し、ヘルメット・ヴァイザーの内側にうつしだすことができる。

こうして、もとアストラル漁師はいまいる環境を、セランの〝目〟を通して自身の目で見ているように観察できた。ヒルダはそのさい、かれの命令によってヘルメット・ヴァイザーに三次元プロジェクションをカラーでうつしだしたり、九十パーセントまで透明にして透視できるようにしたりする。

隙間を抜けて一らせん階段にたどりついたマローダーは、満足の吐息をもらした。階段は深さ五十メートルほどの縦坑をおりていくようになっている。一見してすぐ思い浮かんだのは、非常階段だ。ペルウェラ・グローヴ・ゴールの母船とか、人間……あるいは、人間と形状や歩き方の似た知性体……が住む高層ビルについているようなやつ。ただし、この縦坑の壁はつるつるに磨かれたクリスタルで、内側から光が輝きあふれでているが。

「レインボーフラワー！」縦坑の底に着くと、マローダーは思わず口にした。「その名前が頭からはなれない。どこから思いついたんだろう？」

「あなたは妄想たくましすぎるんです」ヒルダがきっぱりいう。「いつもペルウェラがそういっていました、あなたがぼけをかますたびに」

マローダーは顔を不機嫌に曇らせ、

「ひとつ注意しておく、ポジトロニクス。わたしがきちんとした表現方法を重んじる人間だということは知っているだろう。信頼できる書物に載っていない表現を使うのは、今後いっさいやめてもらいたい！」

「わたしがそんな表現を使ったことは一度もありません、モジャ。いまだって……」

「うるさい！」

「弁明くらいさせてください」ポジトロニクスがすごい早口で話しはじめる。こんどはとめられなかった。「あなたが槍玉にあげた表現ですが、『三銀河言語辞書』一二四九巻の新装改訂版に載っています。これはNGZ四一九年にアルザチェナ合資会社が海賊版として出版したもので、わたしはその内容をAからZまで読み終えてすべて保存しました。三銀河の主要言語を学ぶには必須の辞書です」

「そんな辞書は知らない」と、マローダー。「わたしにとって必須なのは『現代用語辞典』だ。それによれば、きみが使ったような表現は高尚なコミュニケーションには不向きだな。ペルウェラも同じ意見だ」

「おお！」ヒルダは焦《あせ》って、「だったら、すぐそちらに調整しなおします、モジャ」

マローダーは皮肉な笑いをもらした。

「そういうと思ったよ！　きみはペルウェラの意見だというだけで、脳のねじれを彼女に合わせなおすわけか」

「わたしの脳はねじれていません」ヒルダはむっとしたようだ。「まさかわたしを、低性能の生体コンピュータと同列だと考えているんじゃないでしょうね？　その原型は大昔、惑星の海の泥から誕生したのですよ」

「それはいいすぎだろう、きみの名誉にとって」マローダーはからかう。「きみの原型は自然に誕生したわけじゃなく、最初の泥団子の子孫である種族がアイデアを出し、はんだづけして製造したんだ」

〈おもしろい！〉シヴァがコメントしてきた。〈ですが、最初の有機原細胞が誕生したのは自然界ではないという伝説もあります。出自も所在もいまだに不明な一種族の協力で生みだされたというのです。かれらは謎のサイバネティク構造体だとか〉

〈すべてのプシオン構造体にかけて！〉マローダーは驚いて思考を返す。〈そんなこと、ヒルダに洩らさないでくれよ！〉

〈ご心配なく。でも、なぜです？〉

〈ニワトリと卵になるからさ〉と、マローダー。〈もうこの話は終わりだ！　どこかでプシオンが噴出したのを感じる。なにが起きたかわかるか？〉

先へ進んでいきながら、心の声に耳をすませる。

〈クモの網に犠牲者がかかってしまった！〉と、意識のなかでささやく声がした。

〈なんの話だ？〉

返事はない。

マローダーは思わず、セランのカラビナに結びつけていた背中の道具袋を前に振りさげ、紐をゆるめてシヴァをとりだそうとした。

そこに魔法の卵がないことに気づき、全身がかっと熱くなる。袋をはなし、放心してからっぽの両手を見つめた。

〈シヴァ？〉と、いっしんに集中して思考を送る。

しかし、やはり応答はなかった。

「冷静に！」そう自分にいいきかせ、何回か深呼吸する。

すこしおちついてから、考えた。最後にシヴァを見たのはいつだっただろう。らせん階段にたどりついたとき、たしかに手のなかにあったことはおぼえている。ヒルダとくだらない口論をしていたときも近くにいたはずだ。とりあえず、まだメンタル・コンタクトしてきたのだから。

おそらく、そのすぐあとに消えたにちがいない。

プシオンの噴出！　あれがシヴァの消えた原因なのか？

もとアストラル漁師はかぶりを振った。何物かが自分からシヴァを奪いとることなど、想像しがたい。

それに、かれがプシオンの噴出を感知したあと、シヴァはいっていた……クモの網に犠牲者がかかってしまった、と。〝クモ〟と〝犠牲者〟がなにを意味するのかは知らないが。

突然、ひらめいた。

シヴァは純粋な好奇心から、クモと犠牲者の戦いを見物しにいったのだろう。

マローダーは怒りで唇を嚙む。

ほとんど裏切り行為じゃないか。すくなくともフェアじゃない。わたしを置き去りにして、自分だけ好奇心を満たしにいくなんて。

「くそいまいましい！」と、ののしる。

「なにごとです、モジャ？」ヒルダが訊いた。

「なにごとです、だと？」かれはポジトロニクスの口まねをして、「きみは気づいたはずだ、シヴァが消えたことに」

「シヴァ？　だれですか？」

マローダーは憤慨しながら考える。このポジトロニクス、セランのどこにかくれているんだろう。その場所がわかったら、ぶったたいてやるのに。

いか」

「シヴァがだれだか知ってるだろう！　その名前については前に一度、話をしたじゃな

「〝名前など実体のないむなしきもの〟」と、ヒルダは引用した。「もちろん、シヴァのほうが響きがいいとはいいました。それでも、あなたのいうことは意味不明です」

マローダーはふたたびからっぽの両手を見つめ、苦々しく笑った。

「あれは本当に魔法の卵なんだな」そういうと、また道具袋を背中に振りもどし、両手をおろす。「わたしの目より何倍も高感度の視覚システムを持つヒルダにさえ見えなかったんだから」

「なにがですか？」と、ポジトロニクス。

「なんでもない」マローダーは答えた。「ひょっとしたら、シヴァは最初から存在しなかったのかも。おかしな話だが！　でも、もし存在するなら絶対にとりもどすぞ。あれはわたしのものだ」

飛翔装置のスイッチを入れ、退避路の床から数センチメートル浮いた状態で進んでいく。そのあいだ、ヘルメット・ヴァイザーにうつしだされる観察結果や探知結果に集中しつつ、またプシオンの噴出が感じとれるかと身がまえた。

だが、もう感知できない。

ガラス迷宮のプシオン活動もなくなっている。まるで、べつの宇宙にやってきたよう

な感じだ。

だんだん薄気味悪くなってきた。

4

「またクリソプテラが使われた」と、テングリ・レトス＝テラクドシャンがヘルメット・テレカム経由でいってきた。われわれはジェン・サリクの精神放射が最後に発せられた方向をめざして、探知したクリスタルの峡谷深くを慎重に進んでいる。

それでも危険がないとはいえない。ここはガラス迷宮のなかにある場所で、グレイ領主の部隊が進軍しているはずだからだ。

「つまり、だれかがもう一度ジェンの意識を吸いとろうとしたわけか」と、わたし。

「こんどもディドル＝サンスカリの精神剣を使ってはどうか、テングリ？」

「すでにためしてみたのだ、アトラン。だが遺憾ながら、ガラス迷宮のなかではプシオン性の放射が強すぎて、いくら集中しても目的を達することができない。とはいえ、クリソプテラの散乱放射があるから、すくなくともそれが使われた場所はかなり正確にわかっている。ジェンはきっとそこで罠にかかったのだ」

「それはどこだ？」と、訊いた。わたしとサリクはティランを着用している者どうし、感情レベルでのコンタクトができる。だが、それが断ち切られてしまったいま、記憶からわかるのは自分たちの進むべき方向だけで、目的地までの距離は不明だ。当てずっぽうで推測するしかないだろうが、見つかるまでにむだな時間がかかることになる。

〈いまのところ、まだ見つかっていないぞ！〉論理セクターが指摘した。

それで思いだした。レトスはわたしの疑問に答えていない。

「それはどこだ？」と、同じ問いをくりかえした。

ハトル人が手をあげて、とまれと伝えてきた。わたしは指示どおりにティランの飛翔装置をストップさせる。

われわれは地面に近づいた。そこは、進んできた峡谷が右にカーブしているところだ。

レトスが下を指さして、いった。

「クリソプテラの散乱放射はこの方向からきていた。しかし、きみが最初に〝それはどこだ？〟と訊いたとき、消えてしまったのだ。なぜかはわからない。だがいずれにせよ、調べてみなければ。峡谷の地面から五十メートルほど下になる」

「そんなに！　どうやってそこまで行く？」

〈分子破壊銃を使うにきまっている！〉付帯脳がちゃかすように割りこむ。〈スプーンで掘り進んだら時間を食ってしかたない〉

〈じつに賢いな！〉と、思考でやりかえした。〈それは自分でも思いついたさ。わたしが考えたのは、ジェンがどうやってそこまで行ったのかということ。わからないか？かれが分子破壊銃を使ったようには見えないのだ〉

レトスは浮遊しながらゆっくりと先へ進んでいく。峡谷のカーブに沿って三十メートルほど行ったあと、ふたたびそこでとまった。

「この下をトンネルか坑道のようなものが通っている。そこへ通じる入口があるはずだが、残念ながら近くには見あたらない。もちろん分子破壊銃を使って入口をこしらえてもいいのだが、戦闘のないこの場所で高エネルギー兵器を使うと目立ちすぎて、グレイ軍団の見張りに疑念を持たれる恐れが非常に強い。というわけで、よく考えてみよう。この方向に飛翔して入口まで進むべきか、あるいは……」レトスはグレイ軍団がやってきた方角をさししめし、「……反対方向に行くか」

わたしはその方角を指さした。

「そっちだ。われわれ、グレイ生物の進軍領域にいるとはいえ、まだ一戦まじえずにすんでいる。このままガラス迷宮のさらに奥に進んでルラ・スサンに見つかってしまったら、イルナが面倒をしょいこむことになるだろう。そうなれば、つむじ風を帰してもらえなくなるかもしれない」

レトスはうなずいた。片手をこぶしに握り、上に向かって三回突きあげる。〝進め〟の意味だ。

忍び歩きで前進していく。途中で三度、峡谷に集まったグレイ軍団に出くわし、引き返してちがうルートを探すはめになった。向こうもこちらに気づいたはずだが、わたしはティランに命じてグレイ生物に擬装するオーラをまとったため、敵とはみなされずにすんだ。レトスの半有機スーツにも同じような機能がある。それでもやはり、敵部隊のどまんなかを通って進むのはかなりのリスクだ。だれかがわれわれの人相書を持っていれば、たちまち深淵の騎士と知られて警報を鳴らされるだろう。

それでも、とうとう目的地に到達した。

自分ではおそらく見つけられなかっただろうが。というのも、わがティランの探知装置は、目標までわずか十メートルという地点にくるまで作動しなかったから。ハトル人技術に対しては、すでにおおいに感心していたものだが、ここにきてその念がますます強まった。レトスの琥珀色のコンビネーションに織りこまれた銀色の繊維のネットワークは、とりわけすぐれた探知システムを持つ。百メートル以上はなれた場所からでも、入口の位置を正確に方位測定したのだ。

われわれは一クリスタル塊のオーヴァハングから伸びる細い張り出しに沿って浮遊していく。前後にならんでせまい隙間をくぐりぬけ、下へつづくらせん階段のある縦坑にたどりついた。それはまるで、中世の騎士が住む城の塔についている階段のような……

〈気をつけろ！〉論理セクターが警告。〈思い出にとらわれている場合ではないぞ！〉

無理に気をとりなおす。あやうく古い記憶の渦にさらわれてしまうところだった。レトスを見ると、すでに半分くらい階段をおりている。こちらはまだ上に立ったままだ。レトスはわたしが心ここにあらずだということに気づいたはずだが、なにもいわない。

急いでかれのあとを追った。レトスもさらに足を速める。わたしはここでようやく、ジェン・サリクには一刻の猶予もないと思い知った。ティランに思考命令を送り、速度をあげる。当然ながらレトスもわたしも浮遊して進んでいるが、それは快適さのためではないのだ。コンビネーションの光源が前方を照らし、周囲に一様な明るさをもたらしてくれる。

階段をおりきると、本来のトンネルに出た。まっすぐにのびているので、ここからはさらに速く進んでいける。ざっと見積もって数分もあれば、レトスが先ほどクリソプテラの散乱放射がきているといった場所に到達できるだろう。

そこへ到達して、もしジェンのシュプールを発見できなかったらどうする？　そうレトスにたずねようかと考えていると、友がまた手をあげて合図してきた。

われわれはためらいつつ停止し、降下して着地した。注意深くあたりを見まわしてみる。だが、なにも変わったものは見あたらない。

〈本当にそうか？〉論理セクターが茶々を入れる。

〈ティランの探知にはなにも表示されていないぞ！〉そう考えたとたん、思いあたった。

このコンビネーションの探知システムは、プログラミングされたとおりの結果しか表示しないのだ。〝製品カタログ〟には豊富な内容が載っているとはいえ、そこにすべてがふくまれるわけではない。それでわたしは、

「なにかトンネルの入口とちがうところはあるか？」と、ティランのプシトロン制御装置に照会してみた。そのとき、レトスが期待に満ちた琥珀色の目でこちらを見ているのに気づいた。

「自由電子の数に逸脱が見られます」プシトロニクスの応答だ。「この着地地点を球状にかこむセクターでは、通常の深淵大気より七百パーセント増加しています」

七百パーセント！

わたしはあれこれ考えをめぐらせた。

むろん、深淵の通常基準からこの逸脱が生じた理由については、いくつか可能性がある。とはいえ、これほど大きな数字となると、思いつくのはふたつだけ。

ビーム兵器の使用か、宇宙放射線によるものだ。

だが、ビーム兵器は除外できる。もし地下トンネルでそれを使ったなら、明確なシュプールがのこるはずだから。

そうなると、宇宙線か。

しかし、ここがどこだか知っていれば、とても考えられない。深淵は通常宇宙の構成

要素ではないのだ。アインシュタイン宇宙の〝下〟にある別次元としか表現できないところにあるのだから、そこの大気に宇宙線が浴びせられるはずはない。

たとえそうだったとしても、放射線の大部分は深淵大気の上層部で吸収されるだろう。自由電子の数が通常より七百パーセント増加しているということは、くだんの球状セクターが宇宙線に直接さらされていて、さえぎるものもないとしか考えられない。ひらたくいうと……この場所でわずかのあいだ、通常宇宙空間と一時的にやりとりがあったということ。

〈それでジェン・サリクは拉致《らち》されたのだ！〉論理セクターがささやく。

わたしはうめき声をあげ、とほうにくれてレトスを見た。

「きみも同じ結論に達したようだな」と、ハトル人。「こうなったら、せめても知る必要がある。だれが外からやってきてサリクを連れ去ったのか」

「しかし、それはありえまい！」思わず言葉がもれた。「もしそうなら、そのだれかは通常のやり方で深淵次元にやってきたのでなく、無理に押し入ったことになる」

「そして、無理に押し破って出ていったのだ」

「だが、こちらがそのやり方で追うわけにはいかないではないか。つまり、ジェンを助けられないということ。それとも、なにか方法があるか？」

「ない」と、レトス。「われわれの装備では不充分だ」

「しかし、なにか行動しなければ！」

「もちろんだ。われわれ、先へ進む。それがジェンの意図でもあるだろう。このままトンネルを進んでいくと、数分後にはヴァジェンダ中枢部の近くに到達する……そこでいきなりこちらがスウ・オオン・フーの前に出現すれば、われわれが騎士オーラを持つことに気づくかもしれない」

「そうだな！　そうなれば、かれもこちらと戦うことをやめて協力してくれるだろう」

わたしは熱をこめて応じた。

恥を忍んで白状しよう。わたしが熱狂したのは、ルラ・スサンとのあいだに生じた誤解を解くことができるかもしれないと思ったからだけではない。それと同じくらい心にかかっていたのは、ついにバス＝テトのイルナと直接対面できるという期待の念であった。

＊

四分ほど進むと、ふたたびレトスが手をあげて合図した。

「エネルギー放出を探知した」と、ヘルメット・テレカムで伝えてくる。われわれは立ちどまった。「分子破壊銃とブラスターによるものだな。それと……」言葉が切れる。信じられないという顔でつづけた。「……それと、一種の次元転送機だ」

「次元転送機？」わたしはおうむ返しして、以前にハトル人がコンビベルトから出した比類なき装備の数々を思い浮かべた。ただ、物質プロジェクションがそのベルトで次元転送機のようなメカを持ち運ぶのは不可能だったようだ。理由は知らないが。

レトスは深く息を吸うと、

「本来の意味での次元転送機ではない」と、安堵したようにいう。「もっと機能の低い模造品だ。とはいえ、とにかく作動原理はかなり近い」

わたしもひとまずほっとした。ほんものの次元転送機だとしたら、かなり厄介だから。

「だれとだれが戦っているのだ？」と、たずねる。「きみの探知装置でわからないようなら、たしかめに行こう」

「影法師軍だな。たったいま一名が離脱したので、それとわかった。影法師たち、どうやらひとりを相手に戦っている。セラン着用者だ。セランのプロジェクターに特徴的なパラトロン・バリアの散乱放射を探知したぞ」

「まさか！」と、わたし。「ということは、人間ではないか」

突然、ジェン・サリクの言葉を思いだす。わたしが女アコン人と話したといったとき、かれはこうコメントしたのだ……深淵の地にアコン人がいるのは、ここで偶然だれかほかの人間に行き会うのと同じくらい、ありそうもないことだと。

だが、どうやら深淵の地には本当にだれかほかの人間がいるらしい。

あるいは、あそこで攻撃を受けているのはイルナだろうか？

そう考えて、からだが熱くなる。わたしはティランを加速させ、レトスを急いで追いこした。同時に、武器システムに命令をあたえ、自分の前に出現させる。バス＝テトのイルナがわが目前で影法師軍に殺される場面を想像すると、耐えがたい思いがした。

ティランに命令する。防御バリア展開！

次の瞬間、エネルギー性の擬装フィールドにぶちあたった。装置が探知していたのに、あわてていたせいで気づかなかったのだ。ティランが自動的に制動をかける。わずか数メートル前、トンネルの中央に、パラトロン・バリアを張った一ヒューマノイドの姿が見えた。こぶしほどの太さで下腕ほどの長さの黒い棒状武器を持ち、一らせん階段の下に押しよせてきた影法師の面々に向かって発砲している。

かれのバリアがわたしのバリアと衝突し、はげしい放電が生じてトンネルの天井が一部、剝がれ落ちる。未知者はよろめき、こちらを振り向いた。

その顔を見たとき、わたしはショックで引っくり返りそうになった。

なぜなら、それはまさにあの不時着したグライダーからふらふら出てきて、領主判事ライークと名乗った男の顔だったからだ。そのときはヒューマノイドだったが、影法師の防衛攻撃によって死んだあと、ほんもののグレイ領主に変身したのだった。

こんなこと、あるはずがない！

〈明るい赤褐色の肌と黒いもじゃもじゃの髪、金色の瞳の細い目をした男がもうひとりいるというのも、あるはずがないぞ!〉論理セクターがつぶやいた。〈それに、この鉤鼻はまちがえようもない〉

「アトラン!」未知者がささやく。インターコスモだ。死んだグレイ領主とは別人物であることが、それでわかった。わたしはそのとき相手の唇を読んだのだが、数秒後にはかれのセランがこちらの周波にテレカムを調整して、わたしのヘルメットから声が聞こえてきた。「アトラン! すべての次元にかけて、こいつは驚いた!」

わたしは思わず笑みを浮かべ、なにか答えようとしたが、あいにくそれはかなわなかった。らせん階段の下にいた影法師たちがわたしとレトスの出現による驚きを克服し、戦闘準備をととのえたのだ。

ハトル人が未知者のわきをすりぬけていく。防御しようとしたのだろうが、そうできなかった。

らせん階段の心棒を伝って、ずんぐりした生物が滑りおりてきたのだ。金色のオーラをまとい、その輝きで周囲のすべてを眩惑することなく照らしだしている。

ボンシンだ!

若いアバカーは階段の下に着地すると、戦闘態勢の影法師たちのまんなかに立った。ところが、影法師はボンシンを攻撃するどころか、その出現を歓迎してよろこんでいるように見える。おまけに、未知者とわたしを襲うこともやめていた。

なるほど、と、合点する。テングリのオービターは前にもヴァイタル・エネルギーを〝吸いあげ〟に行ったことがあった。今回は、その場所がおそらくヴァジェンダの中枢だったというわけか。

影法師軍がいなくなったとき、事情がわかった。つむじ風の持つヴァイタル・エネルギーがオーラを発散したおかげで、わたしとテングリの騎士オーラが増強されたのだ。影法師を操作する者がそれを感じとり、実体化ホログラムを引っこめたのだろう。われわれは防御バリアをオフにした。

らせん階段へすぐにも駆けより、バス＝テトのイルナを探しにいきたかった。この近くにいるにちがいない。アバカーを救うことができたのは、彼女をおいてほかにいないからだ。しかし、目の前の未知者が解けない謎をのこしたまま、わたしの前に立ちはだかっている。

「いかにも、わたしはアトランだ」と、相手の言葉にようやく応じた。「きみは人間だが、地球生まれではないな。とにかくテラ製品のセランを着用しているからには、辺境の居住惑星からきたのではあるまい。どうだね？」わたしはそうたずね、武器をふたたびしまった。

相手はこちらを調べるように見る……死後に姿を変えた例の男と同じく、肌はすこし金色がかっていて、髪にはわずかにグリーンの輝きがある。

「わたしは人間です」未知者の答えだ。「どこで生まれたかはおぼえていませんが。もとアストラル漁師で、名前はギフィ・マローダー、親しい友にはモジャと呼ばれています。辺境にしろそうでないにしろ、居住惑星の住人ではありません。遊牧民すなわちノーマッドみたいなもんですね。1＝1＝ヘルムとカッツェンカットをやっつけるのに協力したあと、本当なら二百の太陽の星に行くはずだったんですが、宇宙巨人のうっかりミスで、深淵の地とかいうこの場所に送りだされてしまって」

「1＝1＝ヘルム……？」よくわからない。

「カオタークー……混沌の勢力の協力者ですよ。カッツェンカットも同じです」マローダーが説明した。

「なるほど！　いまも混沌の勢力との戦いがつづいているのだな？　それがはじまったころ、わたしとジェンは深淵の地にきたのだ。ペリー・ローダンとゲシールがどうしているか、知っているかね？」

「わたしが最後に《バジス》にいたときには元気で、二百の太陽の星をめざしていましたが」と、ノーマッド。「どうなったか、わたしも知りたいですよ。タウレクとヴィシュナを〝時の子供〟の思考ネットから解放してカッツェンカットの士気をそぐことができたのも、結局はわたしの間接的助力のおかげなんですから」

頭がこんがらがってきた。あまりに多くの情報がいっぺんに押しよせてきたせいだ。「時の子供？」と、おうむ返しする。この名前を聞いても、まったくもってなにも連想できない。

ギフィ・マローダーの顔にメランコリックな笑みが浮かんだ。

〈よけいなことに時間を使うな！〉論理セクターが忠告してくる。

その忠告を肝に銘じようと思っても、実際、ひとつのことに考えを絞るのは無理というもの。バス＝テトのイルナと会うことやルラ・スサンと対峙《たいじ》することも重要な問題だし、仲間たちともまたコンタクトをとらなければならない……そして、ジェン・サリクが消えたことに対する苦痛。かれが苦しい目にあっているのに助ける手段がないと考えると、不安はつのるばかりだ。

そのとき、ギフィ・マローダーの表情が変わった。こんどはよろこびを満面にたたえ、「シヴァ！」と、ささやく。

次の瞬間、わたしはティランを通してジェンの存在を感じた。振り返ると……そこに友がいた。

ティラン姿のテラナーが、われわれに向かってトンネルをやってくる。腕には動かない一生物をかかえていた。黒い毛におおわれ、黄色のみじかいパンツをはき……羽の生えた頭部は鳥型種族のものだ。

テラのワシミミズクの頭ではないか！

レトスがなにかいったが、聞きとれない。見ると、俗にいう塩柱のごとく硬直し、信じられないという顔をしている。

ふたたび、なにか言葉を口にした。こんどは〝ホラク＝テー〟と聞こえた。

生物はジェンの腕のなかでかすかに頭を動かした。よく見たらワシミミズクではなく、ハヤブサの頭だ。

〈古代エジプトの太陽神ホルス……人間のからだとハヤブサの頭を持つ存在だ！〉論理セクターがささやく。

昔の記憶が怒濤《どとう》のごとく押しよせ、わたしはのみこまれそうになった。それを押しとどめるには自分はあまりに弱いと感じ、唇を噛む。

そこへ救いが訪れた。女神の姿で。

彼女の存在を背中に感じる。それが炎となってわたしを燃やしつくす。

急いで振り向いた。らせん階段の下に、ティランによく似たコンビネーション姿の彼女が立っていた。

バス＝テトのイルナだ！

アコン人にしてはそれほど大きくない。身長一・七メートルほどか。しかし、そのオーラは比類なきものだった。みごとなプロポーション、高エネルギー放電が起きているかのようにきらめく赤銅色の髪、金粉をまぶしたごとくに輝く絹のような褐色の肌……

しかし、そればかりではない。

彼女の存在そのものが神々しいのだ。立ち居ふるまいのすべてがわたしを魅了する。その目にたたえられたハスの花咲く池に、いっそおぼれてしまいたいほど。

わたしをこれほど強く呪縛した目は、いままで一度しか見たことがない。炎をたたえたゲシールの目だ。

だが、イルナの目はそれともちがう。そこに炎は見られない。なんとも表現しようがなかった。

この瞬間、宇宙にはバス＝テトのイルナと自分のほかになにも存在しなくなる。

わたしは夢遊病者のように彼女に近づくと、その前にひざまずいてこういった。

「わたしはあなたの騎士。なんなりとお申しつけいただきたい、わが女神よ！」

5

この丸天井空間にわたしと女アコン人だけがいて、ここが宇宙的意味を持つ出来ごとの焦点にこれほど近い場所でなかったならば、なにが起きていたかわからない。

それに、バス＝テトのイルナがこれほどの理解力と理性をしめすことがなかったならば。

「お立ちなさい！」彼女はそういうと、わたしの肩に両手を置いた。

わたしは電撃に打たれたようになる。とはいえ、それで焼き切れたわけではなく、現実に引きもどされて明晰な思考が返ってきた。バス＝テトのイルナに感謝しなくては。

ゆっくりと立ちあがる。

〈まったく救いようがないな！〉付帯脳が腹だたしげにコメントした。〈美しい女に心奪われると、たちまちわが女神と崇拝して、ほかにはなにも見えなくなってしまう〉

たしかに。多くの経験を積んでずいぶん成長したと思っていたのだが。もしかしたら、わたしが自分に課せられた任務を思いだす気になるのは、うながすようなイルナの目に見つめられたときだけかもしれない。

わたしはおちつきをとりもどした。それでも、イルナに対する思慕の念は変わらない。たとえ、ふたたび彼女とならんでべつの現実にいると意識することになっても。

「ありがとう、イルナ！」

彼女はほほえみながらわたしの肩から手をはなし、はげますようにこちらを見た。

わたしは周囲を見まわす。

テングリ・レトス＝テラクドシャン、ジェン・サリク、ギフィ・マローダーが前にいた。かれらの存在をわたしが思いだすのを、じっと待っていたようだ。

「申しわけない！」困惑しながら謝罪した。「ジェン、許してくれ。きみがもどってきたというのに、それにふさわしい出迎えをしなかった。あまりに多くのことが起きて、どうしたらいいかわからなかったのだ」テラナーを前にして、心から罪悪感をおぼえていた。

「わたしは外に行ってきたんです」と、ジェン。

その声を聞いて、わたしは驚いた。言葉が凍りついていて、口にしたあと壊れてしまいそうな響きだったから。恐ろしい思いをしたのにちがいない。

と、スローモーションの動きでサリクがくずおれる。わたしとテングリはあわてて跳びついた。わたしがサリクをつかむあいだ、その腕のなかにいたホルスの姿の生物をレトスが引きとり、そっと床に横たえる。

「ラーチだ」ギフィ・マローダーがいった。失神したサリクを壁にもたせかけようとするわたしを手伝いながら、つけくわえる。「この、鳥頭を持つ生物の名前です」

「ラーチ？」考えをめぐらせるが、その名前は聞いたことがない。「どういった種族なのだ？」

「わかりません」

その声とその姿に、わたしはなぜか、かつてマローダーに会ったことがあるという感じをいだいた。

〈それはあるまい！〉と、論理セクター。〈もしそうだとしたら、思いだしているはず。おまえは写真に撮るのと同じ記憶力を持つのだから〉

それ以上考えるのはやめにしたが、論理セクターのいうことに穴があるような気がしてならない。とはいえ、いまはハードな現実に集中しなければ。

よけいなことを振りはらおうと、首を振る。

サリクのほうを見て、意識がもどったのがわかった。サイバー・ドクターに匹敵するティランの装置がかなりの効果をもたらしたのだろう。目を開けたときには、もとどおり明晰な思考ができるようになっていた。

「よかった、ジェン！」わたしはそういい、レトスのもとへ行った。

レトスは鳥頭生物のそばで膝をついている。ヒューマノイドでありながら人間とはまったく異なるハトル人の顔には、悲哀と郷愁と苦悩がいりまじったような、どこか誇らしげな表情が浮かんでいた。

なにが起きたか予感しながら、わたしはかがんだ姿勢で近づき、

「死んだのだな？」と、ささやいた。

ハトル人がうなずく。

「きみはかれを知っていたのか？」

レトスはふと笑みを浮かべ、

「かれ自身ではないが、似た生物を知っていた。ただ、かれを目《ま》のあたりにするまで、この種族がまだ存在するとは思っていなかった。かれらはホラク＝テーといって、神の使者だ。神、大いなる者、長老……とにかく、自分たちが仕える存在をそう呼んでいる」

「ギフィ・マローダーは〝ラーチ〟といっていた。かれがここでなにをしていたのかわかるか、テングリ？」

「いや。だが、ジェンを追っていたのがラーチだったことはわかる。想像しがたいが、どうやらジェンを深淵から通常宇宙へ連れていこうとしたようだな。しかし謎なのは、かれがまた深淵にもどってこられた点だ」

「通常宇宙には行きませんでした」サリクがいう。「ラーチがわたしを拉致して連れていった場所は、いってみれば〝深淵の地下〟……アインシュタイン通常宇宙の下にあるこの連続体の、さらに下にある微小宇宙で、放射が充満しているところです。そこでラーチがわたしをどうするつもりだったのかは、わかりません。われわれは突然、深淵にもどされ……そのさい、地獄の炎に何度も何度も魂を焼かれたのです。ラーチはとてもそれに耐えられないように見えました。もしや、死んだのですか？」

「死んだ」と、レトス。「これでもう、かれが自身の意志で行動したのか、だれかに送りこまれたのか、わからなくなってしまった」

「おそらく〝大いなる者たち〟に送りこまれたんでしょう」ギフィ・マローダーが話に入ってきた。「ラーチはいっていました……ハープーン一族に特有のセクスタディム成分をふくむDNA分子を探知したが、そのコンタクトをだれかに断たれたと。そのときサンスカリのヴァリエーションとやらに言及して、それをたったひとつでも使える者がこの宇宙にいるわけがないといっていましたね。大いなる者たちはべつだが、かれらが個人的に下位平面へやってくることはないはずだと。しかし、そのひとりがここ深淵にいるにちがいありません。結局のところ、だれかがラーチの精神コンタクトを〝ディドル＝サンスカリの精神剣〟で断ち切ったわけだから」

「それはわたしだ」レトスがきっぱりいった。

「あなた？」ノーマッドはちいさな声で、「ということは、あなたが大いなる者？」

「ちがう。大いなる者は……」レトスはそこで首を振り、「もう存在しないはず！　だが、それでも……」死者を見つめて、もう一度かぶりを振った。「いや、かれは本来のホラク＝テーではない。古い遺伝子技術で生成された王の使者の末裔《まつえい》が変化したものだろう」

かれはもとアストラル漁師を食い入るように見た。

「ギフィ・マローダー、この者はほかになにかメッセージをのこしたか？」尋問口調でそうたずね、死んだラーチを指さす。

マローダーは口を開いてなにかいおうとしたが、額にしわをよせ、また口を閉じてしまった。気が変わったらしい。

「いえ、なにも」と、しばらくして答える。

「そうか」レトスは苦々しげだ。「ま、いつか話す気になることもあるだろう、ギフィ・マローダー」

マローダーは曖昧《あいまい》なしぐさをして、

「よければ、わたしのことはモジャと呼んでください」と、声の調子を変えていう。

「ヒルダもそう呼んでいるので」

「ヒルダとは？」サリクが訊いた。

モジャはいたずらっぽい笑みを浮かべて、

「わたしのセランのポジトロニクスです」と、説明。

「よし、話題を変えよう！」レトスが提案した。「ジェン、ラーチがきみを連れていったのは深淵の地下のような場所だと、さっきいったな。わたしにはその意味がわかる気がする。だが、もしそうなら、きみがここにふたたびもどることはなかったはずなのだ」

「シヴァ！」モジャがささやく。

レトスがはっとしてかれのほうを向き、信じられないというような顔で声をあげた。

「シヴァだと？」

「あ、ただ古い神様の名を呼んだだけです」モジャは弁解するが、明らかに当惑している。「ちゃんとした神じゃなく、神のようなものというか……」そこで思い悩むような顔になり、首を振ってひとりごちる。「わたしが知ってさえいたら……！」

〈かれから情報は得られまい！〉付帯脳が耳打ちしてくる。〈いいかげんに不毛な会話はやめないと、状況に押し流されてしまうぞ。グレイ軍団は待ってはくれない〉

わたしは深呼吸して、もとアストラル漁師にいった。

「もうひとつ訊きたいことがある、モジャ。これまた厄介な問題でね。すこし前、わたしはきみと同じ外見の生物が死ぬところを目撃した。ところが、かれはすぐグレイ領主に姿を変えたのだ。その生物ときみとはなにか関係があるのか？」

「それは領主判事ライークです」と、モジャ。

「かれ自身もそういっていた」わたしは先をうながすように相手を見る。

「ライークはわたしの外見になっていました」と、かれはつけたした。「ただ、死んではいません」

「ほかにもいうことがあるだろう」と、わたし。

「口にできない言葉というものがありまして」ノーマッドが説明する。「あまりにとっぴすぎて、考えることもできないんです。察してください、アトラン。これ以上はあなたが知ってもしかたないこと」

「モジャは謎の宝庫なのだ、友よ」レトスがいい、ふくみ笑いをした。自分だけはなにか知っているといいたげに。「とはいえ、かれだっていつまでも黙ってはいられないだろう。なにしろ、とてもおしゃべり好きな人間だから」

わたしはうなずき、ふたたびバス＝テトのイルナのほうを向いた。

「ついてきて」女アコン人がやさしく、だが決然という。「ヴァジェンダ王冠に案内するから。そこでスウ・オオン・フーに会えるでしょう」

＊

ギフィ・マローダーは半分ぼうっとしたまま、イルナ、アルコン人、ジェン・サリク、レトス＝テラクドシャンのあとについて外へ出た。金色のオーラをまとった生物はまたいなくなっていた。

このところ起きた出来ごとに、ほとんどついていけてない状態だ。最初は意志に反して深淵にたどりつき、次に死んでなお謎を投げかけてくるラーチと出会い……そしていま、もと光の守護者やアトランやジェン・サリクといっしょに行動している。事態はますます混乱してきた。

マローダーは死んだラーチのほうをちらりと振り返り……その亡骸《なきがら》は、レトスが異言語でなにかつぶやいたのち、丸天井空間に置いておかれることになった……それから、一行の先頭に立つ女に目をやった。

アトランはイルナと呼んでいた。アコン人ということは見た目でわかる。ただ、彼女はどこかちがう感じがした。すくなくとも、シヴァはそういう意見らしい。というのも、ラーチがなにかメッセージをのこしたかとレトスに訊かれたとき、シヴァはなにもいうなと指示を出し、その理由を問いただしたマローダーに〝彼女のため〟と簡潔に答えたのだ。プシ卵はそれ以上なにもいわないが、黙っているのには理由があるのだろう。

すぐ前を歩いていたジェン・サリクがよろめいた。もとアストラル漁師は急いでそばにいき、サリクを支えてささやく。

「あの謎だらけの女性について教えてください、ジェン・サリク！」

サリクはしばしかがみこみ、右くるぶしをマッサージしながらささやき返した。

「アコン人で、正式な名はバス＝テトのイルナだ。それ以上のことはわたしも知らない……個人的判断はべつにして」

「なるほど！」と、マローダー。「で、あなたの個人的判断というのは？」

「アトランが彼女に夢中だってことさ」サリクはふと笑みを浮かべ、また立ちあがった。

「どうして彼女が謎だらけだと思うんだ、モジャ？」

マローダーは曖昧な身ぶりをして、

「そう見えるから」と、質問をかわす。「ほかの多くのことも謎だらけですよ。深淵の地というのがなんなのか、まだよくわかりません。ここでどんな争いが起きているのかも。ペルウェラのもとにいられたらよかったのに！」

「ペルウェラ？」サリクがおうむ返しする。ふたりは仲間たちのあとを追いかけていった。

「わたしの女上司です」と、マローダー。「つまり、もと女上司ですね。もう彼女のいるところには帰れそうもないので。だからこそ、とにかくペリー・ローダンと会って、かれのもとで働きたかったんですが」

「ペリーのいる場所は遠い」サリクはため息をついた。「このメンバーでよしとしてくれ、モジャ。われわれ、話し合うことがたくさんありそうだ」

「そこのふたり、おしゃべりはまたの機会にしてもらいたい！」アトランが声を張りあげ、急げと合図してきた。「砲声を聞いたか？　グレイ軍団が猛進してきている。すぐに阻《はば》まないと、ヴァジェンダに押しよせてくるぞ。スウ・オオン・フーのもとへ急がねばならん」

「聞こえたな。急ぐぞ！」と、サリク。

マローダーの背中を押したあと、飛んでいく。マローダーは自分も遅れまいと、セランの飛翔装置をオンにした。

らせん階段から戸外に出たときは驚いた。クリスタル塊でできた丘と峡谷がまだつづくものと思っていたのに、まったくちがう光景が見えたのだ。

わずか数歩はなれた場所に、卵形構造物がひしめき合って空にそびえている。クラルトがヴァイタル・エネルギー貯蔵庫と呼んでいた、ヴァジェンダ卓状地の周辺にあるものと同じかたちだ。ただ、ここにあるのはくすんだグレイではなく、つやつやした金色に輝いている……それが一面にならび、壁のようになっていた。

ヴァジェンダ王冠だ！

はじめて見たときはかなりの高度からだったし、数キロメートルはなれていたため、いまはすぐにそれとはわからなかった。高さ千メートルの壁の麓《ふもと》から見た光景では、遠近感がまるでちがうから。

だが、いつまでも感慨にひたってはいられない。イルナとアトランはどんどん前に進んでいるし、レトスも、いつのまにかまたあらわれた不思議なオービターも、脇目も振らずについていっている。見失ってはまずいと、もとアストラル漁師は自分に活を入れて、急ぎあとを追った。

一行は巨大ヴァイタル・エネルギー貯蔵庫二基のあいだを抜けていく。だが、向こう側に出ることはなかった。ほぼまんなかまで進んだところで、バス＝テトのイルナが立ちどまったのだ。ほかの者も全員したがう。

「スウ・オオン・フーがコンタクトしてきた！」女アコン人はそういうと、「こちらバス＝テトのイルナよ。深淵の騎士たちを連れてきたわ」

マローダーは周囲を見まわしたが、ルラ・スサンの姿はどこにもない。とはいえ、ルラ・スサンがどんな外見だか、まったく想像もつかないが。

〈聞こえている！〉声がした。メンタル音声にちがいないと、マローダーは思った。〈騎士オーラも感じられる。だからこそ影法師軍を説得して、深淵の騎士とその同盟者に対する攻撃をやめさせ、かわりにグレイ軍団へと向かわせたのだ。とはいえ、影法師軍がどれほど長く戦えるかはわからない。ヴァイタル・エネルギーが消失したから……

それに応じて、グレイ作用に対する抵抗力も弱まっている〉

「どこにいるのだ、スウ・オオン・フー？」ジェン・サリクが訊いた。

「かれは一ヴァイタル・エネルギー貯蔵庫のなかよ。そこから影法師軍を指揮しているの」アコン人が説明する。

「かれひとりで？」レトスが疑問を呈《てい》した。「ほかのルラ・スサンはどこにいる？」

〈わたしはヴァジェンダで最後のルラ・スサンなのだ！〉スウ・オオン・フーの返事だ。

〈ほかの者は深淵の地をグレイ作用から防衛するさいにやられたか、上昇するヴァイタル・エネルギーに吸いこまれて光の地平に連れ去られた〉

「もどってくることはないのか？」と、サリク。

〈ありえない〉スウ・オオン・フーが答える。

「吸引力がすごいんだよ」ボンシンが口をはさんだ。「ヴァジェンダのヴァイタル・エネルギーがどんどん奪われていくんだ。だれかが助けてくれなかったら、ぼくももうすこしでやられるところだった」

「だれかが？」と、レトス。

「それか、なにかだね」アバカーが答える。「ぼく、非実体化してたから、からだは感じなかった。メンタル力みたいなのはわかったけど。その力が〝助けてあげる〟と約束してくれたんだ……で、そのとおりになったってわけ」

〈きみだな、シヴァ?〉ギフィ・マローダーは思考を送る。

〈スウ・オオン・フーは有能なテレパスです。思考はひかえめに、ご主人!〉かれの意識のなかでメンタルの声がした。

レトス＝テラクドシャンがいっしんに考えこみ、もとアストラル漁師に視線を投げかける。こちらの思考を読んだのだろうかとマローダーは自問しながら、無意識に背中の道具袋に手を伸ばした。なかには卵形物体が入っている。サリクが帰還したのと同時に、いつのまにかそこにもどっていたのだ。マローダーは手をおろした。不用意な動きをすると怪しまれるかもしれない。

「ヴァイタル・エネルギーが上昇するとは、どういう意味だろう?」かれはそう質問し、場の注意をそらそうとした。

〈時空エンジニアたちがヴァイタル・エネルギーを光の地平に引きこんでいるのだ!〉スウ・オオン・フーが答えた。〈しかも、かれらはヴァジェンダを閉鎖してしまった。いずれヴァイタル・エネルギーは涸《か》れはてるだろう。この理由から、われわれは深淵の騎士に呼びかけ、救難信号を送ったのだ〉

「きみたちが呼びかけた?」アトランが驚いて問いただす。「ヴァジェンダが呼びかけたのではなかったのか?」

〈呼びかけることなど、ヴァジェンダにはできない! 生き物ではないし、知性も持たないから。ヴァイタル・エネルギー貯蔵庫とて同じこと。あなたたちがヴァジェンダの呼びかけだと認識したものは、いずれもルラ・スサンすなわち深淵遊泳者の意識から生じている。ルラ・スサンの役目はなによりも深淵遊泳。つまり、肉体を解消して意識存在となり、ヴァイタル・エネルギーのなかに入りこむのだ。この存在形態のまま、深淵の地すべてのヴァイタル流をコントロールしている。そのさい、意識はすっかりヴァイタル・エネルギーに溶けこんでいるため、いわばおぼれた状態になる。この〝疑似溺死状態〟の深淵遊泳者がヴァイタル・エネルギー貯蔵庫のなかに吸収され、きみたちに精神の声をとどけるのだ〉

「そういうことか」と、アトラン。「しかし、なぜ時空エンジニアはヴァイタル・エネルギーを光の地平に引きこみ、ヴァジェンダを閉鎖したのだ？」

〈かれらは自分たちだけ助かろうとしている！〉スウ・オオン・フーが苦々しげに答えた。〈それと引き換えに、深淵の地をすべてグレイ作用にさしだすつもりだ〉

「つまり、領主判事クラルトの話は嘘ではなかったのだな」アルコン人は驚いたように、

「時空エンジニアは利己的で良心のかけらもないという」

「でも、グレイの領主だって同じですよ」モジャが口をはさむ。「クラルトの言葉を信用しちゃいけません。それがかれの意図なんだから。いまにもまたそばにあらわれたって、不思議じゃない。あなたたちを説得するかもしれない。グレイ領主の仲間になれと

か、グレイ議場のメンバーとして会議に出ろとか」

「グレイ議場？　なぜそんなことを知っている？」アトランの質問は鋭い。

「もちろん領主判事から聞いたんです。わたし自身、グレイ議場のメンバーとして会議に参加し、そのあとクラルトといっしょにヴァジェンダへ……」そこでマローダーはあわてて口をつぐんだ。なんてばかなことをしゃべってしまったのか。いっそ、どこか遠くに行ってしまいたい……

6

「かれはどこに行った？」わたしは当惑して叫び、もうすこしで武器システムを〝ぶちかまし〟そうになった。

そんなことをしても意味がない。ギフィ・マローダーは跡形もなく消えてしまったのだから。

「どうやらテレポーターだったようですね」ジェン・サリクがいう。

「ちがうよ」ボンシンだ。「ぼく、だれかが近くでテレポーテーションしたらわかるもん。モジャはテレポーターじゃないよ」

「グレイ領主の工作員、あるいはグレイ領主そのものかもしれない」わたしはきっぱりいった。ギフィ・マローダーと同じ姿の者がグレイの領主に変身した場面が、目の前にありありとよみがえる。

〈おろかな考えは捨てよ！〉忠告が聞こえる。

付帯脳がなにをいいたかったのか、自分でもわかった。そこでわたしは前言撤回し、こうつけくわえた。

「モジャはわれわれにクラルトの意図に注意するよう警告していたな。だとすれば、グレイ領主でもその工作員でもない」

「それどころかわたしは、かれは友だという気がします」と、サリク。「なにかかくしていることがあるのはたしかですが、絶対に敵ではない」

「だったら、何者なの？」バス＝テトのイルナが疑問を呈した。「グレイ議場での会議に参加したあとクラルトといっしょにヴァジェンダへ行ったと、マローダー自身がいわなかった？　かれがグレイ領主に敵対する立場なら、そんなことをするはずがないわ」

わたしはうなずいた。だが、心の奥では彼女の主張に煽動《せんどう》的な要素があるのを感じる。ただ、それは意図したものではないし、そこにいくばくかの真実が見えることもまたしかだ。

「もしかしたらかれ自身、自分がこちらの敵であることに気づいていないんじゃないかしら」イルナが言い方をやわらげる。「わたしたちに共感する気にさえなり、それでクラルトの意図に注意するようにいったのかもしれない。それでも、グレイ領主かもしれない可能性は変わらないわ。遠ざけたほうがよさそうね」

「とりあえず、自分から遠ざかったじゃないか」テングリ・レトス＝テラクドシャンの言葉にはかすかな皮肉がこもっていた。「われわれのことを蛮人だと思ったのではないかな」

「それはないだろう」と、わたし。レトスがイルナに失礼な態度をとるのが腹だたしい。

「正体がばれそうになったから逃げたのだと思う。それはとりもなおさず、自分がグレイ領主であると洩らしてしまったも同然ではないか。意図しなかったとはいえ」

「そのとおりよ」イルナが賛成してくれた。

ハトル人はなにか反論したそうな顔をしたが、すぐに平静な表情にもどった。これ以上イルナを侮辱したら許さないとわたしが思っていることに気づいたのだろう。

「この話題はわきに置いといて」サリクが割りこんだ。明らかに、レトスとわたしの対立を避けたいと思ってのこと。「まずはソクラテスとクリオがどうなったか調べましょう。あと、ジャシェム二名と駆除部隊のことも」

「それに、ホルトの聖櫃《せいひつ》もね」ボンシンだ。「テレポーテーションでようすをみてきていい？」

「あわてるな！」レトスがたしなめる。「仲間たちがどうなったか、スウ・オオン・フーが教えてくれるかもしれない」

〈かれらはここに向かっている！〉ルラ・スサンのメンタル音声がとどいた。〈わたしが影法師をひとつ送りだし、あなたたちの居場所を伝えさせたのだ。いまのところ危険はない。グレイ軍団は進撃をストップしている〉

「影法師軍が阻止した？」サリクがたずねた。

〈そのようだな。だが、あらたに大規模攻撃があれば、影法師たちも長くは持ちこたえられまい。かれらを安定させているヴァイタル・エネルギーが刻々と消えているから〉

「ヴァイタル・エネルギーの流出をとめるか、せめて遅らせることはできないのか？」レトスが訊く。

〈それはできない！　しかし、さしあたりグレイ軍団のあらたな攻撃はなさそうだ。たったいま、グレイ領主側の軍使が一名、グライダーでこちらに向かっていると連絡があった。わたしの指示で、かれに自由通行権をあたえることにした〉

「クラルトか！」わたしは思わず口にした。

「わたしもそう思う」と、レトス。

わたしは横目でちらりとかれを見たが、もうイルナに対する反感はどこにも見られない。彼女がわれわれに善意で接していること、深淵におけるたのもしい同盟者であることが、レトスにもはっきりわかったのだろう。

わたしは深く息をつき、自分たちがやってきた方角をさししめして提案した。

「散歩がてら、クラルトを出迎えるとしよう」

＊

ヴァイタル・エネルギー貯蔵庫二基の隙間から外を見たわれわれは、ガラス迷宮のあまりの変わりように愕然とした。

すこし前まで自由ヴァイタル・エネルギーの金色のヴェールがクリスタルの大地をおおっていたのに、いまはすっかり消え去っている。空は鉛色にくすみ、見る者を憂鬱《ゆううつ》な気分にさせる。こちら側では、ヴァジェンダ王冠のヴァイタル・エネルギー貯蔵庫まで、われわれがきたときより輝きを失っているように思えた。

「なにもかもうまくいくわ、アトラン」バス＝テトのイルナがささやく。

わたしは振り返って彼女を見つめた。奇蹟のようである。イルナがひと言ふた言なにかロにするだけで、たちまち自分のなかに、かならず任務は成功するという希望が生まれてくるのだから。

彼女がこちらに手を伸ばす。わたしは第七の天国にいる気分になる。

そうとも。われらは深淵の地を救うのだ！

思わず彼女が伸ばした手をとり、抱きよせた。ふたりのあいだに流れるエネルギーは宇宙を変える。わたしはふたたび自由を感じ、大声で笑いだしたくなった。

「きみを妻に迎えたい、イルナ」と、ほかの者に聞こえないよう小声でいう。「わたしはこれまで多くの女性と付き合ってきたが、結婚したことは一度もなかった。だが、きみとは結婚したいのだ」

彼女はなんともいえない顔をしてこちらを見た。

〈やめろ。おろか者を演じているぞ！〉付帯脳が批判する。

わたしはひそかに笑った。論理セクターのくせに論理的思考ができないらしい。たびたびグレイ作用にさらされたせいで影響を受け、なんでもかんでもネガティヴにしか考えられなくなったのだろう。

「あそこにグライダーが！」レトスがななめ上を指さした。

一秒後、わたしにも見えた。グライダーはどんどん近づいてきて、われわれの数歩前に着陸する。機首ハッチが開いた。

思ったとおり、領主判事クラルトが降りてきた。

「また会えたな、わが友たちよ！」と、声を張りあげる……どうやら本気で〝わが友〟と呼んだらしい。「こんどこそ、きみたちもよき洞察を受け入れる気になったのではないかと思い、もどってきたのだ。いまとなればもうわかっただろう、時空エンジニアが協力者たちにどれほどひどい報い方をしたか」

「だったら、あなたたちはもっといい報い方をしたの？」イルナが軽蔑したように訊く。まさに神のごとき態度だ。「勝利をおさめたかれらに対し、あなたたちが褒美としてあたえたものは、グレイで希望のない陰鬱な世界で露命をつなぐことだけ。ポジティヴな極もネガティヴな極もない、いわば時間が静止したような宇宙など、怠惰で悲惨なだけだわ」

　わたしの呼吸は知らず知らず浅くなっていた。

　これこそ神の言葉ではないか。イルナはすべての美辞麗句をとりさり、問題の核心をあらわにしている。わたしは熱をこめた目で食い入るように彼女を見た。

　クラルトが痩《や》せた腕をあげ、興奮していいつのる。

「どこのだれだか知らんが、いまの言葉を聞くと、宇宙に対するきみの見方は完全にまちがっているぞ」

　その口調が力を増していった。いつものだみ声も影をひそめる。

「維持する価値のあるものとしてきみが語った上下の両極……ポジティヴとネガティヴは、宇宙の標準形では断じてない！」はげしい言葉が口からほとばしった。「それはまた、法則のなかに自然に生じる例外ですらない。病んでいるのだ。正確にいうと、病的に退化した状態の宇宙ということ。

　原初の状態はグレイだった。全宇宙は深淵作用のグレイにおおいつくされていた。なぜなら、それは宇宙が存在するにあたっての基本ファクターだから。すべては完璧に調和していたのだ……素粒子にはじまり、最初の生命形態をへて、恒星や銀河や銀河群にいたるまで。

　ところが、そこに外宇宙からある勢力が介入した。コスモクラートだ。かれらは自分たちでモラルコードと名づけた人工的な創造プログラミングを宇宙に持ちこんだ。

モラルコードのエネルギーは全宇宙を席巻し、深淵作用を排除した。これによって宇宙はバランスを失い、まったく異なるふたつの勢力が生まれることになる。それが〝混沌の勢力〟と〝秩序の勢力〟だ。どちらもうわべだけの存在にすぎない。グレイによる規律をとりもどそうとしないのだから。

トリイクル9が変異して深淵を去って以来、ようやく深淵の地の一部ではモラルコードのプシオン・ネットが作用しなくなった。グレイ存在にとってはあらたなチャンスだ。われわれ領主判事とグレイの領主たちは全宇宙にグレイを復活させるべく、ひたすら努力している。われわれ、原初に存在したゆえに真実たる創造物の代理人なのだ」

「たわごとよ！」イルナはクラルトが口を閉じたとたん、反撃した。「グレイ存在は生命を否定しているわ。真の生命は、絶えざる対立と無秩序のなかにこそ具現するもの。そうでなければ生命とは呼べない」

レトスは眉をあげたが、表情は変えずにイルナを見ている。なにかふくむところがありそうだ。たとえ自分で認める気はないにしても。

「彼女のいうとおりだ！」と、わたし。レトスのほうを見ていたせいで、思いがけず声が鋭くなった。だが、公平かつ現実的な対応をしようと心がけ、わざとらしくクラルトのほうを向いてつづける。「どうやらグレイ生物であるきみたち自身、〝真実たる創造物〟とか〝完璧に調和したグレイ〟に対する科学的定義のイメージを持てないようだな。精神がネガティヴ方向にゆがんでいる。トリイクル9の消失によりモラルコードが損傷したことが原因で、おそらく精神に異常をきたしたのだろう」

「わたしもそう思う」ジェン・サリクだ。

レトスがかすかにうなずき、

「状況を的確に言語化したな、アトラン」と、わたしに向かっていう。

「最初に言語化したのはイルナだ。わたしより彼女のほうがうまく簡潔に表現していた」そう訂正すると、わたしは領主判事に向きなおった。「あきらめろ、クラルト。わざわざここまでくることもなかったな。われわれは降伏しない。戦い……かならず勝利する」

「われわれ、すくなくとも、グレイ作用が深淵の全域におよばないよう、力をつくすつもりだ」レトスも加勢してくる。

クラルトは腕をさげて、

「おろかな」と、いった。「改心させ、グレイ議場のメンバーとして迎えようと思ったのに、どこまでも分別のない者たちだ。こうなったら、〝グレイになるか、さもなくば死を〟のモットーに沿った行動を支持する者たちに好きにやらせよう」

踵《きびす》を返してグライダーに乗りこむ。機はすぐに上昇し、鉛色の空に消えた。

ひとまず、このラウンドはこちらがもらった。われわれはそう思ったが、それもグレイ軍団が砲火を開くまでのこと。重火器がはげしくとどろき、ヴァジェンダ王冠の防壁に最初の突破口が生じる……

＊

〈終わりのはじまりだ！〉スウ・オオン・フーのメンタル音声が聞こえた。〈もう持ちこたえられそうもない。ヴァジェンダ王冠のヴァイタル・エネルギー貯蔵庫がすでにいくつかグレイになり、攻撃に抵抗できなくなっている。じきにすべての貯蔵庫が同じ運命をたどるだろう〉

「勇気を失ってはならない！」わたしは無理にも声を張りあげた。「わたしがクラルトにいった言葉を聞いていなかったのか？　われわれは戦い、かならず勝利する！」

〈どうやって？〉ルラ・スサンはあきらめたように、〈言葉だけではグレイ作用に立ち向かえない。影法師軍はますます雲散霧消している。わたしはエネルギー貯蔵庫を出て実体にもどるつもりだ。お望みなら、ヴァジェンダ王冠を抜けて反対側へと案内しよう。ヴァジェンダの中枢がある場所だ。あなたたちがどういうやり方で助かるつもりか知らないが、そこならすくなくともヴァジェンダ王冠の瓦礫に埋もれずにはすむ〉

「また逃げるのか！」わたしは意気消沈して、救いをもとめるようにイルナを見た。

「いずれ逃げ場所もなくなってしまうだろう」

「でも、それまで希望を捨ててはいけない、アトラン！」アコン人が自信ありげにいう。「決死の覚悟で戦う部隊は、なにもグレイ軍団が最初ではないわ。かれらだって、数時間もすれば戦力が衰えるでしょう。そうなったらこちらのチャンスよ。だから、それまで持ちこたえなくては。たとえどんなに見込み薄に思えても」

わたしはうなずいたものの、思わずテラ暦紀元前数百年の出来ごとが頭に浮かんだ。古代ギリシアのエペイロス王がローマ軍を相手に戦って多大な犠牲を出したという、いわゆる〝ピュロスの勝利〟である。

大型兵器のビームが至近距離で炸裂した。この世の終わりかというようなエネルギー嵐が起こり、ヴァイタル・エネルギー貯蔵庫が何度か爆発。赤熱《せきねつ》する破片が雨のごとく降りそそぎ、らせん階段と退避トンネルへの出口がふさがれてしまう。

謎をのこしたまま死んだホラク＝テーの遺体の上にも、破片が降り積もった。

われわれはもちろん、最初の爆発で地面に伏せていた。砲撃がやむとすぐに起きあがり、ヴァイタル・エネルギー貯蔵庫二基のあいだに逃げこむ。どちらの貯蔵庫も金色の輝きを失い、グレイになりかけていた。それを見たわたしは冷たい戦慄をおぼえた。

「スウ・オオン・フー！」バス＝テトのイルナが叫ぶ。「姿をあらわし、わたしたちを窪地に連れていって！」

返事はない。イルナは絶望したように周囲を見まわした。

「もしかすると、死んだのかもしれない」ジェン・サリクがいう。

「だとしたら、わたしたちもおしまいよ」と、アコン人。「ルラ・スサンがいなければ、反対側へ行くことはけっしてできない。有資格者しか解除できない不可視のエネルギー・バリアがあるから」

「きみもルラ・スサンと同じ資格を持つのだと思っていたが」わたしはイルナに向きなおった。「せめて代理権のようなものがあるとか」

彼女は苦々しげに笑い、

「それは勘ちがいよ、アトラン。わたしはある人を助けようとして、偶然ここにきただけなの」

ふたたび攻撃があり、われわれは地面に伏せた。まわりで恐ろしい地獄がくりひろげられる。

それがしだいにおさまると、わたしはイルナに訊いてみた。

「だれを助けようとしたのだ？」

「弟よ。でも、助けられるかどうかわからない」

わたしは安堵した。一瞬、イルナが助けたい相手は恋人かもしれないと想像し、胸が苦しくなったから。

〈俗物め！〉付帯脳のメンタル音声が響きわたる。〈死を前にしながら、女アコン人に恋人がいることを気に病むとは〉

〈おまえなんかにわかるものか！〉わたしは怒っていいかえした。

ぴしっという音がして、見ると、数メートル前に乳白色の巨大ミミズがいた。長さ三メートル、太さは半メートルほど。胴体のまんなかあたり、皮膚の下に、こぶし大の金色のなにかが脈打っている。臓器か？

〈ついてくるのだ！〉スウ・オオン・フーの声なき声がとどいた。

この瞬間、わたしにはわかった。このミミズに似た姿はルラ・スサンが実体となった存在ということ。仲間たちもみな、それに気づいたようだ。

ミミズは地面から浮きあがり、見たところ無重力状態で漂っていく。われわれもすぐにあとを追った。ルラ・スサンはテレキネシス力を使って移動しているようだが、それについて考えをめぐらす時間はない。背後でまたあらたに重火器のビームが地獄を巻き起こしたから。これを一度でもみずから体験すれば、この地獄がいかに神経をまいらせ、抵抗力を奪うものかわかる。英雄を気どることなどできない。ただむきだしの恐怖を感じるのみ。

わたしもそれは知っている。だから、ボンシンがすっかりパニックになって後先かまわずテレポーテーションしたときも驚かなかった。

ところが、つむじ風はすぐにまた実体化した。プシ・バリアのようなものに衝突して投げ返されたらしい。大声でわめきながら地面を転がりまわっている。完全に生物としての本能だけで行動しているようだ。

レトスとわたしは同時に駆けよると、アバカーをつかんで防護服の医療システムを作動させた。ボンシンとクリオの防護服は駆除部隊のコンビネーションを模造したもので、セランのように自動でスイッチが入るサイバー・ドクターは装備されていないから。

子供はすぐにおとなしくなったが、その目を見ると、まだまともにものが考えられる状態ではなさそうだ。レトスとわたしはボンシンの手足をつかんで、仲間たちのうしろへと運んでいった。じきに攻撃はやみ……あるいはわれわれがエネルギー・バリアの奥に移動したのか……とにかく、不気味なほどしずかになった。

「きみの気持ちを傷つけたのだとしたら申しわけない、アトラン」ハトル人がヘルメット・テレカムの出力を絞ってささやく。「他意はなかった。ただ、イルナを見ていると、なぜか恐怖をおぼえるのだ。うまく説明できないのだが」

わたしは辛辣《しんらつ》な言葉を返したいという衝動をぐっとこらえた。レトスも悪気《わるぎ》でいったんじゃない、たぶんグレイ作用の影響を受けているのだと、自分にいいきかせる。

「いいとも」と、応じた。「イルナに不当なことをしたと認めるなら、根に持ったりはしない。彼女もきみを許すさ」

レトスが失望したようなうめき声をあげる。それでわかった。ハトル人はグレイ作用のせいで精神がネガティヴに変容してしまったのだ。これほど強情だったことなど、かつてないから。こちらも寛容にかまえる必要があるだろう。

数秒後、われわれはヴァジェンダ王冠をあとにした。スウ・オオン・フーがとまったので、全員そのまわりに集まる。ボンシンはまだ本調子ではない。わたしはもう一度かれの医療システムを作動させた。

それからようやく、あたりを見まわした。

はるか彼方に、ほとんどわからないくらいの傾斜を持つすり鉢状の窪地がひとつある。衝撃の光景だった。そこはホルトの聖櫃によれば、金色のヴァイタル・エネルギーに満たされているはず。なのに、もうわずかしかのこっておらず、すり鉢の中心部に向かって急速に流れこんでいる。

中心部がどうなっているのかは見えない。窪地の直径はほぼ九千キロメートルで、ここからは四千五百キロメートルはなれているから。ただ、遠くに目をやると、地面のまんなかあたりが金色に揺らめいているのがわかった。あそこでヴァイタル・エネルギーが上昇し、光の地平に吸いとられていくにちがいない。

われわれはそうして二分ばかり、ヴァイタル・エネルギーが流れだしていくのを見つめていた。窪地の周縁部ではトンネルの入口がむきだしになっている。かつてはそこから深淵の地の地下洞窟網に向けてエネルギーが供給されていたのだ。胸ふさがれる眺めだった。

たてつづけに轟音が響き、われわれは出発をうながされた。クラルトの部隊が攻撃を再開したらしい。ヴァジェンダ中枢を陥落させる機は熟したと考え、明確な決断をくだしたようだ。

「けっしてあきらめないわ、アトラン」バス＝テトのイルナがそばにきていった。「たとえ暗闇がきても、わたしは恐れない」

「まだ暗闇ではない」わたしは答え、なぐさめるつもりで彼女の肩に腕をまわした。

イルナが震えながらささやく。

「あのむきだしの猛々《たけだけ》しさを感じる？　それがわたしたちをとりかこみ、生きる力を奪おうと狙っているのを？」

冷たい戦慄が肌にはしった。イルナの言葉には不気味なものがある。

「気をしっかり持つのだ！」わたしはささやき返した。

砲撃の音が激化した。最初のビームがヴァジェンダ王冠のエネルギー・バリアを崩壊させ、赤熱する瓦礫が窪地まで飛んでいく。進退きわまった。

スウ・オオン・フーがまた動きだす。どんどん速度をあげるので、こちらも見失わないよう急いで追いかけた。それまで輝いていた背後のヴァイタル・エネルギー貯蔵庫がいきなり、すべてグレイになる。防壁が壊れて崩れ落ち、瓦礫の山ができる。われわれの前後では、のこったヴァイタル・エネルギーが急速に流れだしていた。

考えることなく、ただ逃げつづけた。この状況ではなにを考えても意味がない。思考も時間の感覚も失われて、全員、死んだも同然だった。

いつしか、かつてヴァジェンダ王冠だった瓦礫の山がはるか遠くになり、気がつけばわれわれは窪地のところまできていた。ヴァイタル・エネルギーの最後ののこりが金色に輝く柱となって、間欠泉のごとく高みへ噴きあがり、深淵定数のあたりで消えていく。そのさい生じる音を聞いて、われわれの心は震えた。

エネルギーの間欠泉に近づくまいとその場にとどまるわれわれを尻目に、スウ・オオン・フーは先へ進んでいく。よほどパニックに襲われているのだろう、別れの挨拶すらない。鈍い閃光とともに、その姿がエネルギー柱のなかに消え、非実体化する。やがて柱も消滅し、窪地はからっぽになって、光が失われた。

自分たちもエネルギーの間欠泉に身をまかせたなら、ここから逃れられたのだろうか。しかし、そうすべきか否か考慮するひまもなかった。あまりに速くことが進んだので。

われわれは身じろぎもせず、死という名の運命にすべてをゆだねて立ちつくしていた。だが、死による救済は訪れなかった。暗闇のなか、グレイ領主の部隊が四方八方から同時にあらわれる。敵はただの一発も武器を発射する必要はなかった。グレイ作用がすべてをおおいつくし、こちらの意志力を奪ったから。事態を予測する間もなく、われわれは囚われの身となった。

7

ギフィ・マローダーはたじろいだ。ヴァジェンダ王冠の前にひろがるクリスタルの風景がまたたく間に消えたと思うと、くすんだブルーの金属壁がある部屋に閉じこめられていたのだ。天井の照明は薄暗く、金属製の床には赤や黄色の円や半円の模様がある。

膝をつき、せわしなく周囲を見まわした。あたりはしずかで、自分を始末しようとだれかがやってくる気配もない。かれは気をとりなおし、

「きみはわたしが口にした望みをかなえてくれるんだな、シヴァ」と、皮肉をこめていった。「しかも、瞬時に」

ひざまずいたまま、卵の反応を待つ。返事はない。

〈シヴァ？〉懸命に思考を集中してみた。

やはり応答なし。いなくなったのか。かれはパニックになり、震える指で道具袋を開けると、必死でなかを探った。

「いない！」唇をわなわなさせ、「わたしを置き去りにして、またどこかに行ってしま

った」

シヴァと運命と自分自身にひとしきり文句をいってから、ついにあきらめる。

立ちあがり、明晰な目と冷静な理性をもって周囲をもう一度見わたした。ここには見おぼえがある。最初に深淵の地に実体化したときの部屋ではないか。すくなくとも、あのときとまったく同じ状況だ。

魔法で連れてこられたことをのぞいて！　と、冗談っぽく考える。

どうするべきか。シヴァがいないと、アトランのところへはもどれない。だが、たとえそれが可能だとして、そうしたいかどうか。自分は戦略家ではないが、それでもまともな人間の理解力があればわかる。アトランの状況は見込みなしだ……グレイの領主たちが考えを変えてヴァジェンダ征服をあきらめないかぎり。だが、かれらが勝利を目前にしてそんなことをするわけはない。

もし、ここが前にきたのと同じ部屋なら、ニー領の山要塞にあった転送機ドームに行けるかもしれない！　かれはそう思案した。ここにはずっといられないし、いたくもない。とはいえ、深淵の地をよく知らないので、どの方向に逃げればいいかわからなかった。

「きみがわたしならどうする、ヒルダ？」かれはセランのポジトロニクスに訊いた。

「わたしはあなたではありません、モジャ」ヒルダの返事だ。

「屁理屈いうな！」マローダーは怒った。「たんに、わたしの立場になって考えてみろということだ！」

「了解しました」

「それで、どうする？」

「ドアのところに行き、ここがどこなのかたしかめます」と、ヒルダ。「どうやってこの部屋にきたのか、まったくわかりませんから。ついさっきまでヴァジェンダ王冠のすぐ前にあるガラス迷宮にいたはずですが」

マローダーはがっかりして嘆息した。

「きみには想像力がないな。さっきまでどこにいたかは関係ないんだよ。とにかく、いまわれわれがいるのはニー領の山要塞だ」

「本当に？」

「本当だとも！」

「だったら、ドアのところに行ってたしかめなくてもいいでしょう。前に同じ状況におかれたときと同様の行動パターンにしたがうことをすすめます」

「だが、今回はラーチがいないんだぞ」マローダーは反論する。

「今回それは必要ありません。前にラーチがくれた情報があるのだから」と、ポジトロニクス。「また城郭に行き、あのときと同じくグレイ領主をごまかして、自分の正体を知られないようにすればいいだけのこと」

「ははは」かれは力なく笑った。「どうやるんだよ……シヴァの助けがないのに！」

「いつも言及するその神秘のシヴァとやらは、いったいなんです？」ヒルダが問いただす。「はやりの宗教の信仰対象ですか？　いずれにせよ、以前はそんなものにたよっていなかったはず。ま、信仰があなたの自信や期待を強化するのなら、問題克服の助けにもなるでしょう。わたしには役にたちませんが。神秘に関してはプログラミングに入っていないので」

「いくつか事実誤認があるぞ」そういいかえしたが、以前に自分が〝変身した〟ときにヒルダがその場にいなかったのを思いだし、あきらめた。ポジトロニクスは、マローダーがたんに領主判事とその協力者たちを美辞麗句でごまかしたと考えているのだろう。

「基本的に、きみは現実というものをまったくわかっていない」

「わたしはあなたとちがって、疑問の余地なく明確に現実を把握しています」ヒルダが訂正した。そのあいだにマローダーは左の壁にある閉じたドアに向かう。「あなたがそれをすこしでも認識したときにどうふるまうのか、わたしには謎です」

もとアストラル漁師は返事もせずに歩いていった。ドアがかれの目の前で開く。外は回廊だ。あのときとまったく同じ……ただ、今回はだれもいないが。マローダーは動じることなく、脇目も振らずにあのときと同じ方向に進んでいった。

前にいきなりラーチと出くわした場所までくると、無意識にその姿を探している自分に気づいた。なんてばかなんだ。ラーチのパンツの下のほうにスリットがあって、そこからライオンの尻尾が飛びだしているのに驚かされたことを思いだし、マローダーはちいさく笑う。あの不思議な生物が死んだことにあらためて心が痛み、悲しみがこみあげてきた。

前にラーチがブルーに輝く金属製のさいころに消えた部屋を、こんどは通りすぎた。半時間後、転送機ドームのゲートから外に出る。

見わたすかぎり、だれもいない。見捨てられたような風景だ。おそらくこんどもまた、地上には車列がどこまでもつづき、空にはグライダーが飛びかっているものと覚悟していたのだが。

「ま、いいさ」と、つぶやく。「すくなくとも、これでだれともやりとりしなくてすむわけだ。グライダーは手に入らないだろうが、それなら〝徒歩で〟進めばいい」

もう一度あたりを見わたし、城郭がどの方向かおぼえていることを確認してから、セランの飛翔装置をオンにしてスタートした。

＊

たっぷり半時間も費《つい》やすと、鋼の丸太に似た城郭が地平線上に浮かびあがった。見まちがえようもない。

ちいさな駐機場を探す。前にグライダーを着陸させた場所だ。すぐに見つかり、そこに着地しようとしたとき、そんな必要もないことに気づいた。

このままっすぐ城郭まで進んでいけばいいのだ。山要塞の中枢にただひとつある門をめざした。そこも無人で、見張りに阻止されることもない。しだいに薄気味悪くなってきた。

それでもためらわず、先へ進む。いちばんの理由は、ほかにやることも思いつかなかったからだ。前にきたとき、リフトキャビンのようだと思った転送室がすぐに見つかった。思いきってそこに入ると、転送室が自動的に閉まり……うなじを強く引っ張られる感じがした。転送がはじまったということ。

転送室が開く。もとアストラル漁師は前進していき、鉛板でできたように見える例のゲートを一発で発見。

マローダーはそっとホルスターの武器に触れたものの、抜くことはしない。影法師たちと軽く一戦まじえたさい、敵が跡形もなく消えたことから、この戦利品は〝ブーゲン原理〟で作動すると考えられるからだ。命中したらどうなるか再確認するのはやめておこう。自分自身をブーゲンしてしまうかもしれない。不確実な要素が多すぎる。

〝鉛板ゲート〟の前に行くと、こんども自動で開いて、壁の両側に武器の発射口がならぶ回廊がやっぱり見えた。だが、今回は領主判事の姿じゃないので、あのときのように進んでいく気にはなれない。回廊を見つめながらしばらく躊躇《ちゅうちょ》したあげく、引き返すことにした。

考えこみつつ、転送室にもどる……それがさっき出てきた転送室でないことに気づいたときは、すでに遅かった。次の瞬間、うなじを引っ張られる例の感覚をおぼえる。どこかに転送されてしまったのだ。

転送室が開くと、すこしためらったのち、外に出てあたりを見まわした。

そこは天井高が五メートルほどの正方形のホールだった。ホール中央に床から天井までとどく鋼製の柱が一本あって、箱形物体が四台ついている。遠くから見るとステレオのスピーカーに似ているが、弱い残留放射を発しているのが感じられた。これまでさまざまな関連事項を経験してきた、もとアストラル漁師にはわかる。これは反プシ・フィールドを展開する装置だ。

また、ホールの壁を見わたしてみて、ここがどういう性質の場所であるかも判明した。格子《こうし》のはまった一帯があり、その奥に殺風景《さっぷうけい》な部屋がいくつか見える。壁にははねあげ式の扉がついていて、床には用便のための穴があいている。

宇宙ハンザの時代に生きる同世代の多くとちがい、マローダーはこうした〝監獄〟のことをよく知っていた。ペルウェラ・グローヴ・ゴールの自由通商帝国において、殺人や窃盗や反乱はけっして見逃されない。また、権利復帰には莫大なコストがかかる。保釈金を積んで減刑されないかぎり、きびしい条件下の独房での長期間拘留がいいわたされるのだ。

そういうわけで、ここは捕虜を収容する牢屋だとわかった。しかも、各独房に反プシ・プロジェクターが装備されているのを見ると、この一帯は明らかにパラプシ能力を持つ生物を拘留するための場所だろう。

壁に近づき、独房のなかをのぞいてみた。捕虜はどこにもいない。これまでに見てきたことをすべて考えあわせると、山要塞も城郭も見捨てられた印象だったから、独房が無人というのはおおいにありうる。

かれはアストラル漁師として六十二年間……難破船から救助され、ペルウェラのもとで働きだしてからずっと……時空をかけめぐり、プシオン構造体を釣りあげてきた。そのためのテクニックをくりだすことなど、眠っていてもできる。だが、たとえそんなプロフェッショナルでなくとも、このパラ独房のテクノロジーをちょっといじってみたい誘惑には逆らえなかっただろう。

いま自分が持っている装備はもちろん、かつて潜時艇にそなわっていた機器類にくらべたら貧弱なものだが、それはあくまで相対的な意味だ。専門的知識を駆使して作業すれば、パラ独房をまったくちがうふうに改造するくらい充分にできる……しかも、どこをどう細工したのかわからないくらいに。プシオン能力を持つ者も持たない者も、自分が助け舟を出さなければ見当がつかないはず。

それを五時間かけてやりとげ、すべてのシュプールを消し終えたときには、猛烈に腹が減っていた。セランが提供する栄養補給ではとてもたりない。目と口を満足させてやらないと。早くいえば、うまいものをたっぷり食いたいということ。

城郭のキッチンや備品庫がどこにあるかは知らないが、たぶん探しだせるだろう。マローダーはわくわくしながら踵を返し、転送室に入って発見の旅に出ようとした。

ところが、転送機が動かないことにすぐに気づく。ほかのやり方で監獄セクターを去ることもできない。

下手《へた》に細工したせいで、外に出る道が閉ざされたのだ。セランの備蓄を使いはたし、再生浄化の可能性が断たれたなら、ここでみじめに弱りはてて死ぬことになる……奇蹟でも起きないかぎり。

どんなやり方で細工をしたか記録しておけば、あとで確認することもできたのだが、不運にもしていない。必要ないと思ったのだ。すべてをもとどおりにできる見込みは、これでますます薄くなった。

それでもマローダーは、すぐ最初の実験にとりかかった。こうなったら時間との競争だ。さもないと、死が待っている……

あれこれ必死になってやっていたが、一時間もしないうちに作業をじゃまされた。転送室が閉まったのである。

＊

すこし考えると理由がわかった。城郭で転送機を使うときはいつも、スイッチが入る前にそこの転送室が閉まる。受け入れ転送機に再実体化するさいも、そこの転送機は閉まった状態だ。

つまり、だれかが監獄セクターに転送されてくるということ！

マローダーはあわてて、空《から》の独房のひとつに駆けこみ、格子の下にある張り出し壁の陰にかくれた。かがんだとたん、だれかやってきたのがわかった。

声が聞こえる。

「しゃべるな、ヒルダ！」ポジトロニクスが同時通訳をはじめたので、マローダーはささやいた。「ここで使われている言語はもう理解できるからいい。そんなことしたら居場所がばれてしまう」

「なんで騎士のところへ連れてってくれないんだよ？」だれかべつの者が文句をいっている。その高い声には聞きおぼえがあった。

マローダーはからだを起こし、格子の向こうをのぞいてみた。

やっぱり。アバカーのボンシンだ。自分が最初に城郭にきたときと同じように、装甲姿の衛兵二名にはさまれて転送室から出てきている。二名が手に持っている機器は小型反プシ・プロジェクターだろう。散乱放射でわかる。

衛兵たちはマローダーの対面側にある独房内にボンシンを突き飛ばし、ドアを閉めた。一名がアームバンド通信機になにか告げると、ボンシンの独房に設置された固定式の反プシ・プロジェクターがうなりながら作動。それから二名は無言で転送室へもどっていった。

転送室が閉まる。

それがふたたび開いたとき、マローダーは息を凝らした。自分は出ようとしても出られなかったが、衛兵たちは転送機で監獄セクターを去ったかもしれないと思って。ところが、そうではなかった。二名はまだそこにいる……どう見ても不満そうなようすで。一名がふたたびアームバンド通信機を使おうとする。マローダーはこのチャンスを逃さなかった。

「動くな！」そう命じ、発射準備のできた武器をかまえる。「両腕をあげろ！　おかしなまねをしたらブーゲンするぞ」

衛兵二名はおとなしくしたがった。

マローダーは二名を壁ぎわまで追いつめ、壁に顔を向けて立たせると、両手を突っ張り足を引っこめた状態にさせる。武装解除したのち通信機を奪い、一独房に閉じこめて外から施錠した。

「やったね、モジャ！」ボンシンがよろこぶ。「ぼくを自由にしてくれる？」

「自分のことすら自由にできないのに」マローダーは悄然《しょうぜん》として答えた。「だけど、もちろんやってみよう。反プシ・プロジェクターの影響はあるか？」

「うん。からだじゅうがむずむずする」

「なんと！　ということは、あらゆるものに静電エネルギーが集積するようプロジェクターを調整しているな。すぐ出られるようにしてやるよ」

　マローダーは衛兵から奪った機器類を調べてコード・インパルス送信機を探しだし、それでボンシンの独房のドアを開けた。若いアバカーが飛びだしてくる。垂れ耳を揺らしながら猛スピードでホール内を一周し、どこかへ消えたと思うと、苦痛にゆがんだような顔をしてまたあらわれた。

　マローダーは最初それに目をとめただけだった。だがその後、ボンシンが出てきた独房でくりひろげられている現象に釘づけになる。

　独房のまんなか、空中に、縮小されたグレイ議場の三次元映像がうつしだされているではないか……そこの金属シートにすわっているのは、グレイ領主のリーダー格にあたる六名の領主判事たちだ。

その姿があまりにぼやけているので、なにをしているのか二度見ないとわからなかった。しかし、しだいに映像がはっきりしてくる。まるで独房内に集積したエネルギーがつくるプロジェクションのようだ。数秒後、領主判事たちの声も聞こえてきた。

「きみの思いどおりになったな、クラルト」これはフフリーの声。「深淵の騎士たちを殺すのでなく、生け捕りにした。こんどはかれらをグレイにする番だ。駆除部隊、二名のジャシェム、ハルト人や女玩具職人と同じように。だが、どうやら騎士の防護服と個人用ヴァイタル・エネルギー貯蔵庫が、グレイ作用に対する免疫をあたえているらしい。それらを除去しなくてはなるまい」

「だめだ!」クラルトがはげしく抗議した。「深淵の騎士を力ずくでグレイ生物に変えることはできない。みずから進んでグレイになるのが最善の道だと納得させなければ。それでこそ、かれらはわれわれにとって永続的に価値ある存在となる。われわれ、時空エンジニアが絶望的計画を実行にうつす前に光の地平を征服しなければならないのだ。そのためにはかれらの助力が必要だ」

「いまの状況はなんのためにある?」領主判事トレッスが割れ声を響かせた。「こちらの部隊は無敵だ。命令をくだすだけで、光の地平に攻め入るだろう」

「多大なる犠牲が出るぞ」ストークラークが口をはさんだ。

「はん!」と、トレッス。「要は目的を達成すればいいのだ。わたしなら、深淵の騎士に迫る。グレイになるか、さもなくば死を選べと」

「きみは忘れているぞ。実際問題として、時空エンジニアの計画遂行を妨げているのは騎士の存在だ」領主判事ライークが反論した。「よく考えてみるがいい。結局のところ、われわれもかつては時空エンジニアだったのだ。最後の大いなる実験が、創造の山のプシ潜在力を操作したせいで未曾有のカタストロフィに終わるより前の話だが。そのカタストロフィで、ほとんどの時空エンジニアは死んだ。あとはグレイ領主になり……のこるわずかな者だけが光の地平に生存している」

「そのわずかな生きのこりのせいで、こちらは孤立させられたのだ」これはジョルケンロットだ。「かれらは創造の山と通常宇宙のあいだの連絡を一部だけ復活させることに成功し、それを使って救難信号を発信した。おかげでわれわれ、最初はレトス＝テラクドシャンに、次はアトランとジェン・サリクにわずらわされることになった」

「ともあれ、あのときは呼びかけを遮断してレトスを罠にかけることができたではないか」と、ストークラーク。

「だが、かれはその罠を逃れた。ヴァジェンダの助けで」トレッスがきっぱりいう。

「あのときもいまも、われわれは弱気すぎる。たよりになるのは非情な作戦のみ」

「それでは解決できない」クラルトが割りこんだ。「逆に、すべてだめになるだろう。すでに説明したとおり、深淵の騎士が納得してこちらの仲間だと思うようにしなくては。

そのためにある計画をたてた。転送機を使ってかれらを深淵の地のあちこちに連れていき、ヴァジェンダが枯渇したあと全土がグレイ領域になったことを見せようと思うのだが」

それからひとしきり領主判事たちは意見を戦わせたが、やがて場がしずかになると、ジョルケンロットがこう主張した。

「クラルトの論拠には説得力がある。かれに全権をあたえて最後の試みをまかせることに賛成だ。ただし、期限を設けたい。その猶予時間が過ぎても深淵の騎士を納得させられなかったら、手荒い手段でかれらの意志をくじくとしよう」

ふたたび激論がかわされたのち、クラルトとジョルケンロットの提案をのむことで意見の一致をみた。

「悪党たちめ！」ボンシンが領主判事たちのくわだてにコメントする。「あいつら、みんな殺してやりたいよ」

「かれらは犯罪者じゃない」マローダーは反論した。「考えてみろ。領主判事たちもかつては時空エンジニアだったんだ！　グレイ作用の犠牲者ということ。それに、一種の十字軍をひきいてグレイ作用を全土にひろめるのがいいことだと、本気で思っている」

「犯罪者だって、そうじゃなくたって、とんでもなく悪いことをしようとしてるじゃないか！」ボンシンがいいかえす。「なんとかしてとめなくちゃ。どうすればいい、モジャ？」

「かれらを解放するんだ」と、もとアストラル漁師。「しかし、その前にまず自分たちが自由にならないとな。パラ監獄を完璧なものにしてしまうとは、なんてばかだったんだろう。進退きわまった。でも、あれこれやってみるよ。どうにか解決策が見つかるように」

8

あれこれやっているうち、のこる三台の〝反プシ・プロジェクター〟をなんとか作動させることができた……とはいえ、これらも最初の一台と同じく、反プシ・フィールドを展開するプロジェクターではない。まったくべつの装置だ。

ボンシンはまだテレポーテーションできずにいる。ギフィ・マローダーが最初にやった操作のせいで、監獄セクターはまるごとパラ性の繭《まゆ》に閉じこめられてしまったのだ。だが驚いたことに、城郭ではだれもそれに気づかないらしい。ボンシンをここに連れてきた衛兵二名の行方を探す動きもなかった。グレイ領主たちはほかの問題にかかずらうあまり、衛兵とボンシンのことを忘れてしまったとしか考えられない。

もとアストラル漁師は〝結果〟を得るべく、かれこれ五十時間も奮闘している。その努力は、ある点に関しては実を結んだといえよう。ただし、かれが機能させたのは内側から外への出口を提供するフィールドではなく、拘束フィールドだった。外にいる者ならだれでも……独房よりサイズが大きくなければ……引っとらえ、その独房内で実体にもどすというしくみだ。

それでも最初、マローダーはこれを使わなかった。グレイの衛兵を捕まえてもつまらないし、どんなかたちにせよ、いらぬ注意を引きたくなかったから。

ところが、すこし前にグレイ議場のようすを盗み見したときのような観察フィールドの操作方法がわかり、それを使ったところ、監獄セクターの外をうろついているドモ・ソクラトの姿を発見したのである。

もちろんマローダーはソクラトを知らなかったが、ボンシンが気づいて注意をうながし、ハルト人のことをいろいろ説明してくれた。

「ソクラテスはいつだって深淵哲学にしたがって行動してきたんだ」と、アバカー。「領主判事たちの話だと、いまはもっとグレイになってるらしいから、気をつけたほうがいいよ」

マローダーはしばし考えこみ、かぶりを振った。

「その逆だ」と、反論する。「きみがいったとおり、ソクラテスはグレイで深淵哲学にしたがっているかもしれないが、騎士への忠誠心もある。アトランに危害がくわえられるのは望まないだろうし、騎士とその仲間を正気にもどすためならなんでもするはず。われわれが味方だということを納得させられれば、ソクラテスに影響をあたえるのはむずかしくないと思う」

「そんなの無理だよ。ハルト人はとってもずる賢いもん」

マローダーは笑みを浮かべた。

「ソクラテスがずる賢いなら、ためしてみたりしないさ。だが、ハルト人は計画脳を持つという話が本当なら、ずる賢いわけではなく、高い知性の持ち主ということ。つまり、こちらが知的な理論を展開すれば納得するはず」

「あんたがそういうなら……」と、ボンシン。

マローダーは肩をすくめて、

「とにかく、やってみよう！　でも、きみはできるだけ関わるな。ばかにしてるわけじゃないぞ。矛盾をつかれないよう、即席で論を張るのはひとりだけのほうがいい」

かれは観察フィールドと拘束フィールドが一致するように操作し、拘束フィールドにプシ・エネルギーを送りこんだ。

鋼製ドアのひとつをたたいて調べていたハルト人は驚いて振り向き、すぐさまテルコニット鋼のかたさを持つからだに構造転換する……その状態のまま、拘束フィールドとプシオン接続していた独房内に実体化。

マローダーは拘束フィールドのスイッチを切った。だが、ドモ・ソクラトがこちらに跳びかかってこようとしたので、死ぬかと思って冷や汗をかく。

そこに若いアバカーが介入。ふたりのあいだに入り、四本の腕を振りまわしてハルト人をなだめようとする。

「つむじ風じゃないか！」ソクラトはうれしそうに叫び、その場にとどまった。

マローダーは鼓膜が破れたかと思った。苦痛に顔をゆがめ、それでもハルト人と意思疎通しようとする。しかし、うまく話をしてソクラトのいっていることも理解するのには、しばらく時間がかかった。

「要するに、なにかわたしに提案があるのだな」ハルト人がきっぱりいう。「だったら話せ、ノーマッド！　すこしはまともな話だといいが」

「きみは自分の騎士を救いたいはず」と、マローダー。

「レトスとサリクもだ」ソクラトが補足する。「できればもちろん、アトランがどうしようもなく惚れてしまった女アコン人も」

「ああ、そうか！　バス＝テトのイルナだな。彼女はどこにいる？」

「騎士たちといっしょだ。じきに転送機での周遊からもどってくる。猶予時間が過ぎたから」

「よし。これから話すのは、騎士三人の理性を見こんでの内容だ。かれらが時空エンジニアと個人的に向き合い、いかに厚顔無恥でとんでもない狼藉をたくらんでいるかわかったら、理性をとりもどすはず。それとも、騎士たちには時空エンジニアの本性を見ぬけないと思うか？」

「まさか！」ハルト人が大音声《だいおんじょう》で答えたので、マローダーはあやうくまた耳が変になりそうだった。「騎士はすべてお見通しだ。それに、おろかでもない。きみのアイデアはわかった。どうやって実行するつもりだ？」

「騎士たちと女アコン人を解放するのに、きみの協力が必要なんだ」そう説明したあと、マローダーははっとしたように手を口に当てた。がっかりしたように、「なんてばかなんだろう。いまやきみも、わたしやボンシンと同じくパラ監獄に閉じこめられてしまったじゃないか」

「どういうことだ？」

当惑するソクラトに、マローダーは事情を説明した。

ハルト人は笑い飛ばし、

「そんなのはプシオン・エネルギーの流れを断てばすむこと。なぜそうしない、ノーマッド？」と、訊く。

「だれも近づけないからさ」と、マローダー。「プシオン・エネルギーは厚みが十センチメートルもある鋼の柱のなかを流れているんだ」

「どこにある？」

もとアストラル漁師は床から天井までとどく柱を指さした。

ハルト人は恐ろしげな上下の歯を使い、数秒もかからずに柱を粉砕した。これでプシオン・フィールドが消滅。自由の身になる。

「のこる問題はあとひとつだけだ」マローダーはほっとしながらいった。「ボンシンと騎士たちを城郭からこっそり逃がすため、陽動作戦を演出しなくちゃならない」

「わたしにまかせろ」と、ソクラト。「それより大変なのは〝境界防塁〟をこえて光の地平に騎士たちを連れていくことだろう。そこにいたる通行路は峠道ひとつしかなく、厳重に監視されている。おまけにパラ罠もあるぞ」

「わお！」

〈それはわたしがなんとかします、ご主人！〉そのとき、マローダーはメンタル音声を受けとった。道具袋がすこし重くなったのを感じる。

〈シヴァ！〉よろこびと憤《いきどお》りを同時におぼえて、〈なんでこんなに長く、わたしをほっといたんだよ？〉

〈そろそろ教訓をあたえるころだと思いまして。つまり、〝ほうっておかれたくなければ、まず自分自身をたよりにすること〟という教訓を！　わたしはつねにあなたのそばにいられるわけではありません、モジャ。ほかにも任務があるので〉

〈たとえばどんな？〉

〈時がきたらお話しします、ご主人！〉と、シヴァが告げる。

「いったいどうした？」ソクラトが声をとどろかせた。「夢でもみているのか、ノーマッド？」

「とんでもない」と、マローダー。「考えをめぐらせていただけだ。騎士とボンシンとアコン人を峠道に連れていく手段が見つかったよ」

「すばらしい。で、どんな手段だ？」

「時がきたら話そう」かれは答えた。〈わたしを見捨てないでくれよ、シヴァ！〉と、思考しながら。

〈準備は万端です〉プシ卵が請け合った。

＊

われわれは境界防塁をこえる峠道の下方近くで小休止した。〝われわれ〟とは、バス＝テトのイルナ、テングリ・レトス＝テラクドシャンとオービターのボンシン、ジェン・サリク、えたいのしれないノーマッドのギフィ・マローダー、そしてもちろんわたし自身である。

小休止といっても、通常の意味での休憩とはちがう。必要に迫られたのだ。われわれ、グレイ生物になってしまったジャシェム二名と駆除部隊の猛追をかわしつつ、山要塞を命からがら脱出したのち、ニー領じゅうを逃げまわり、深淵定数にとどく高さの境界防塁の麓に到着したもの。それからずっと、恐ろしいばかりの重力嵐に見舞われているのである。

この〝悪天候〟が自然に起きているのか、グレイ領主が人工的に発生させたものなのか、だれにもわからないが、それは基本的にはどうでもいい。重力がゼロGから六十Gまでの範囲でつねに変化し、しかも上下方向がいきなり反対になったりするのだ。飛翔可能なコンビネーションで進んでいると、それはもうひどく揺さぶられ、押しつぶされる。下意識が重度の無気力状態におちいってしまうのは、純然たる正当防衛といってよかった。

われわれは打ちのめされ、疲労困憊《こんぱい》していた。精神力を搾《しぼ》りとられ、筋肉が痙攣《けいれん》する。ありとあらゆる金属くずが山になっている場所があって、突然の重力変動がくると、そのごつごつした表面に両手で必死にしがみつこうとするのだが、その後なかば溶けてしまうので、うまくいくことはほとんどない。

目の前で真っ赤なリングが旋回し、〝天空〟がすごい勢いで回転しているようだ。どこか近くでフォーム・エネルギーの氷河が不可解な光源の光を反射し、眩惑される。ひと目見るだけで、砂を投げつけられたかのように目が痛む。

「アトラン！」イルナが叫んだ。

わたしは支えを失い、溶けた金属のなめらかな斜面に投げだされて、アコン人にぶつかった。ふたりして絡み合ったまま、V字形のせまい隙間へと滑落していく。そのとたん、重力が正常値にもどった。これならティランの反重力装置でなんなく対処できる。

「ここはどこかしら、アトラン？」イルナはすっかり神経がまいっているようだ。

わたしは彼女を抱きよせ、あたりを見まわした。

隙間は上に向かうにつれてななめにひろがっている。いちばん高いところが境界防塁の突端らしい。その場所に、頂点が下になった三角形が明るく輝いているから。あれが光の地平への本来の入口にちがいない。この隙間は円錐形をした山の切り通しになっていた。山はしなやかな印象の灰白色に輝く金属でできている。白金のようだ。わたしはそのかたい表面をたたいてみた。

仲間たちの声は聞こえず、姿も見えないが、目的地は近い。ギフィ・マローダーとソクラトの計画は納得のいくものだったようだ。これまであのノーマッドを怪しんでいたことを、わたしは心のなかで詫びた。イルナもそれを感じとったらしい。

「じきに、すべてうまくいくさ」そういって、自分と彼女のヘルメットを開く。

ふたりはキスをした……ごく自然に。まるで背骨がドライアイスになり、その上を赤く燃える悪魔がのぼりおりしているような心地がする。こんな経験ははじめてだ。わたしは彼女から身をはなし、空気をもとめてあえいだ。

「これでわたしたち、もうはなれられないわね」イルナがよろこびに目を輝かせ、息をはずませる。

「ああ。上に行けば安全を確保できる。友たちも光の地平に到達しただろう。それをたしかめよう」

そのとき、これまで通信が耳に入っていなかったことに気づいた。ヘルメット・テレカムのボリュームを最小にしていたから。

音量をあげたとたん、仲間たちがわたしとイルナに呼びかけるのが聞こえた。

いまこちらがいる場所を簡潔に説明すると、三十秒後、隙間の両側から仲間たちが滑りおりてきた。

「追っ手は振りきったし、見張りの姿も見えない」わたしは確言した。「このチャンスを利用して、光の地平に入る入口をめざそうと思う。ただし、徒歩で。最後の瞬間に探知されたくはないからな」

ギフィ・マローダーがこちらを妙な目つきで見た。なにか問題があるようだ。

「どうした、モジャ？」と、訊いてみた。どうも不吉な予感がする。

「ここではちょっと」ノーマッドが答える。「ヘルメット・テレカムを通さず直接あなたと話したいのです、アトラン……それに、この人と」そういってイルナを見た。

「バス＝テトのイルナとか？」わたしは念を押した。

「そう、この人とです」マローダーは曖昧ないい方をする。ひどく困惑しているようだ。それでも強く訴えるようにこちらを見るので、逃れられないとわたしは思った。

「先に出発してくれ！」と、ほかの仲間たちに声をかけた。「われわれはあとから追いかける」

「あまり長くならないようにな」レトスがこちらを見ることなく応じた。

〈かれはなにか知っている！　あるいは、予感している〉論理セクターがささやく。

〈いったいなにをだ？　いまいましい！〉わたしは身震いした。

「通信を切ってください」マローダーがいい、先に自分がそうしてみせる。

イルナとわたしも、そのもとめにしたがった。もうがまんできない。わたしはいきりたち、強い口調でささやいた。

「いったいぜんたい、なにがいいたい、モジャ？」

かれはうつむいたが、ふたたび顔をあげてこちらを見据えた。その目のなかに嘘いつわりがないことを、わたしは確認した。

「たのむから聞かせてくれ！」と、小声でうながす。

「この人を連れていくことはできません」マローダーはそういってイルナを見た。

「なんだと？」思わずいったあと、はっとする。「どうして彼女の名前を呼ばずに、もってまわったいい方をする？」

「彼女はイルナという名前じゃないからです。アコン人でもない」ノーマッドがぼそぼそと答えた。

「暗闇にのまれるがいい、卑しき者！」彼女が噛みつかんばかりに声をあげた。まるで、仔を守ろうとする雌トラのように。「この男を殺して、アトラン！」

「あなたたち、ふたりとも死にますよ」マローダーが早口で告げた。「かつて白い塔に囚われ強制的に悪夢をみさせられていたサーレンゴルト人にとり、光の地平の六次元要素は致命的なのです。死んだ彼女をあなたはしっかりつかんではなさないでしょう、アトラン。だから、上に行けばあなたも彼女といっしょに死んでしまう」

「サーレンゴルト人？」わたしはその言葉をくりかえした。魂が黒い翼におおいつくされたような気分で。「前にどこかで聞いた気がする」

「わたしの種族名よ」女が力なくいう。「絶滅したも同然だけど……たぶん、弟を救うことはできないと思うから」

真実が見えてきた。それでも確信がほしくて、わたしは大声を出した。

「弟！　だれなのだ、きみの弟は？」

「名前はカッツェンカット」マローダーがかわりに答える。「サーレンゴルト語で〝わたしは生きたい〟という意味です」

カッツェンカット！　あふれる感情が怒濤《どとう》のように押しよせ、わたしはおぼれそうになった。指揮エレメント！　彼女がその姉だというのか？　考えられない！

「きみがカッツェンカットの姉のはずはない！」そう叫び、女の両肩をつかむ。

「否定しても意味がないわ、アトラン」相手は悲しげに答えて、「意味がないことはわかっていた。それでもわたしは夢をみたのよ」

女が懐かしげな目つきをした。どこか遠くを見つめるその目は、ぎらぎらと灼熱の輝きを帯びている。

「はるか昔、わが種族はウィ＝ン種族に滅ぼされた」と、魂が抜けたような単調な声でつづける。「でも、かれらも白い塔までは破壊できなかった。難攻不落の要塞だから。当時、サーレンゴルト人は塔を拠点にして、ナルツェシュ銀河を征服し支配していた。だからウィ＝ンは白い塔を墓所にすることにし、そのなかでわたしたちは悪夢をみさせられたの。死者の夢よ。ただ、この死者がふつうとちがうのは、遺体が腐敗しないこと。

夢はこれまでに二度、破られた。

一度めは、ある男があらわれたとき。かれは古い種族の最後の一員で、わが弟を無理やり起こして脅したあと、自分が所有するエレメントの十戒の指揮をまかせると約束したわ。弟が選ばれたのには理由があった。かれほどの夢見者はサーレンゴルト人のなかにいなかったから。

二度めに夢を破ったのは、遺伝子同盟のエージェントたち。かれらはわたしの深層心理をあれこれ探り、わたしを自分たちの道具にすると決めた。弟を探しだして殺させるために。

でも、夢見者のままだとそれはできない。そこでかれらは自分たちで被造物を複数こしらえ、数千年後に塔をこじ開けてわたしを連れださせた。わたしの意識は金属に宿り、肉体は溶解されて、好きなように成形できる物質に変化したわ。こうして新しい肉体ができあがり、その脳に意識が金属からうつされた。

だけど、金属のなかでも意識は気づかれずに夢をみつづけていたの。脳にもどった意識は肉体を逃亡させることに成功した。わたしは宇宙に張りめぐらされた不可視の五次元ネットのなかにかくれたわ。

わたしは弟を探しはじめた。殺すためでなく、救いだすために。ところが、ネガスフィアの支配者にそれを知られてしまった」

そこまでいうと、彼女は黙って下を向いた。わたしはなんと声をかけるべきかわからなかった。ただ、カッツェンカットとその姉の話を聞いたいま、絶対的な悪も絶対的な善も存在しないという太古の真実がまた明らかにされたのだと考えずにはいられない。

「それから?」しばらくして、わたしは先をうながした。

「カッツェンカットを助けようとした。でも、うまくいったかどうかはわからない。わたしたちの夢のなかにも冷気が押しよせたから。わたしは弟のもとへ行こうとしたけど、ここに……深淵の地にきてしまった。ヴァジェンダ王冠とガラス迷宮のおかげで、遺伝子同盟のエージェントにあたえられた肉体をふたたびまとうことができたの」

わたしは頭を殴られたような感じでぼうっとしていた。すこしのあいだ、全感覚を失っていたにちがいない。気がつくと、バス＝テトのイルナの姿は消えていた。

そうとも……バス＝テトのイルナだ！　わたしにとって、彼女はその名前でしかありえない。

だが、追いかけて追いついたところで、意味がないことはわかっている。

「きみはどうやって事実を知ったのだ？」と、ギフィ・マローダーにたずねた。かれは目の前に立ってこちらを見つめている。

「シヴァが教えてくれました」ノーマッドはそう答え、こぶし大の卵形物体をわたしの手にさしだした。卵の表面には多彩な色が戯れるようにきらめいている。ジャシェム帝国の〝壁〟を思いだし、それがn次元エネルギー由来であることはすぐにわかった。

「シヴァ！」わたしはくりかえす。「なにか心に引っかかる名だが、思いだせない」ひとまず考えるのはあとにして、こう訊いた。「イルナはどうなるのだ？」

「わたしがついていきます」マローダーは卵形物体を袋にしまいこみながら、「シヴァの助けがあれば、彼女もわたしも深淵を出て通常宇宙にもどれるかもしれません」

「彼女を見捨てられない！」わたしはいきりたった。事情はよくわかっているのだが。

「あなたは深淵の騎士だ」マローダーは訴えるようにいい、峠道のほうを指さした。

「あなたの行くべき場所はあそこです。われわれ、またいつかどこかで会えますよ。なにかイルナにことづけは?」

わたしはうなずいて、

「愛していると伝えてほしい!」

「それで彼女も救われるでしょう」と、ノーマッド。「ところで、上に行ってもボンシンはいませんよ、アトラン。あそこにあった罠を解除するのにプシオン力の備蓄を使いきったせいで、ショックに苦しみ、グレイ作用にやられてしまいました」

そういうと、飛翔装置を使ってたちまち飛び去っていく。

わたしはティランに命じ、峠道に向かった。なにも考えないようにして。

境界防塁の最高点で友たちに追いつく。かれらがなにも訊かないことがありがたい。全員で最高点を飛びこえた。ここから境界防塁の向こう側を見ると、まばゆい光があふれるばかりだ。われわれは光の地平へと押し進んでいく。

そのときふたたびホルトの聖櫃が出現し、当然のように先頭に立った。だが、当然といえるものなど、どこにもないのだ。わたしはそれを、ようやくまた思い知るはめになった。

この瞬間、もうだれにもバス゠テトのイルナの話はしないと心に決めた。訊かれても答える気はない。それでも、彼女のことは探しつづけるだろう……ふたたび会えるその日まで。あるいは、彼女の死を確実に見とどけるまで。

だが、まずは時空エンジニアとコンタクトすることが先決だ。かれらの秘密を暴かねばならない。それに多くのことがかかっているのだから……ことによると、全宇宙の運命が。

時空エンジニア

トーマス・ツィーグラー

それに対して　われらは
天空の星々きらめく氷のなかにおのれを見いだす
日も知らず　時も知らず
男でも女でもなく　若者でも老人でもなく
おまえたちのはかない生に向かってしずかにうなずき
めぐる星々をしずかに見つめ
宇宙の冬を吸いこむのだ
空飛ぶ竜がわれらの友
われらの永遠の生は冷たく　変わることがない
われらの永遠の笑いは星明かりのように冷たい

――ヘルマン・ヘッセ「不死なる者たち」より抜粋

1

ここは〝世界のへり〟だ。ここでは時間は流れることなく、湖水さながらに溜まっている。その表面は曇った鏡のようになめらかで、永遠の現在をうつして鉛のごとく硬直している。世界のへりでは、時間は征服されていた。

だが、と、ミゼルヒンは思った。もしかしたら、われわれは時間を征服したのでなく、じつは時間に敗北したのかもしれない。もしかしたら、不死というのは生命の敵であり、死によって快癒することのない病かもしれない。

いまミゼルヒンは〝最後の稜堡《りょうほ》〟にある唯一の監視塔に立ち、はてしなくひろがる光の地平を見わたしていた。この稜堡は、荘厳な輝きを見せる平原と奈落とを隔てる。稜堡の土台部分には深紅の大海が波打っていた。

ロイヤルブルーにきらめく稜堡の壁、赤むらさきに光る海……それらをおおう金色のヴェールは、星々の光で織りあげた透き通る布のようだ。

塔の上はしずかだった。高さは雲の天井と海との中間あたり。どこかで大気渦が空気をかきまわし、平原に風が吹きわたる。さわやかな風はミゼルヒンの顔を心地よく冷やした。だが、かれの目に燃える火を消すことはできない。

こうして何度、境界防塁の山々があるはずの方向へ目を凝《こ》らしたことだろう。深淵の地は一枚の紙のようにたいらで褶曲《しゅうきょく》もまったくないため、有限の幻影を地平線というかたちで見ることはできない。空気は磨かれたガラスのように澄みきり、視界をさえぎる濁りもないが、それでも山々の姿は望めない。

最後の稜堡と山々のあいだには、十億キロメートル以上の隔たりがある。光の速度でもゆうに一時間かかる距離だ。ちなみに、スタルセンに行こうと思えば光でも一年かかる。はるか遠くを見るとすべては霧のなかで、創造の山の金光が絡み合う模様となって浮かびあがるだけ。

だが、ミゼルヒンの両目はふつうの目ではない。

その視線は、霧も絡み合う模様も焼きはらう。その視線が命じると、空気は真空のごとくクリアになり、空間は収縮して光子の進む距離をみじかくする。空気も空間もかれの命令にしたがうのだ。

金色に燃える霧のなかからすこしずつ、境界防塁がその荒々しい姿を見せはじめた。

深淵の地のはしからはしまでのびる山岳は、みずからの重みに耐えかねてつぶれた恐ろしげな金属の怪物のようだ。光の地平と荒涼たるグレイのニー領を隔てる巨大な防塁は、想像を絶する規模の深淵の地にとり、それじたいがひとつのバリアである。亀裂だらけの斜面やぎざぎざの鋸歯《きょし》を持つ断崖絶壁が深淵定数にまでそびえ、創造の山から反対側の失われた都市まで空を隙間なくおおう、ぶあつい雲の天井と一体化していた。

銀とクロムの岩礁に、鉄の尾根や銅の絶壁に、鋼のオーヴァハングやブロンズの氷堆《ひょうたい》石《せき》に、金光が降りそそいでは幾重にも屈折する。輝く錫《すず》の斜面にウランの炭層が黒い筋をのこし、きらめくフォーム・エネルギーの氷河がビスマスの山のところで音もなく崩れる。はるか東では、渦巻く水銀の流れが純ジルコンの峡谷に押しよせる。

そこに、峠道があった。

境界防塁をこえるための唯一の通行路……〝プラチナ峠〟だ。

視界がぼやける。ミゼルヒンの目の前で、巨大な山岳地帯はふたたび光の地平の金の霧のなかへと沈んでいく。

ミゼルヒンはその目で、見たかったものを見た。偵察員三人とホルトの姿を……

ついにかれらがやってくる。これまでだれにもできなかったことを、なしとげたのだ。深淵穴の狂った監視者をやりすごし、深淵リフトでスタルセンへ行くことに成功し、スタルセンの都市外壁を乗りこえ、宇宙的距離におよぶ深淵の地を彷徨《ほうこう》したのち、ヴァジェンダに到達し、グレイ領主の捕虜となってニー領に入り、権力への誘いもグレイ作用の毒気もはねのけて、領主判事の地下牢から脱出した。そしていま、プラチナ峠をこえ、世界のへりへ向かっている。最後の稜堡へ、創造の山へ……そう考えると、ミゼルヒンの胸に怒りがこみあげた。

かれらはなにも事情を知らない……！

そのとき、ロイヤルブルーの防壁の土台近くでなにかが動いた。ミゼルヒンは塔の手すりから身を乗りだし、下をうかがう。長さ三メートルのミミズが一体、液状フォーム・エネルギーの流れに乗ってやってきていた。乳白色の皮膚の下で、こぶし大の金色の器官が拍動しているのが見える。ルラ・スサンだ。最後の稜堡をめざしてきたらしい。

それが何者だか、すぐにわかった。

最後の深淵遊泳者、スウ・オオン・フーである。ヴァジェンダのヴァイタル・エネルギー流によって光の地平へ到達したのだろう。おのれのために稜堡の門が開かれると期待するようなおろか者は、あのルラ・スサン以外にいない。

相手のほうもミゼルヒンに気づいたようだ。

〈唾棄《だき》すべき者よ〉スウ・オオン・フーのテレパシーが意識にとどいた。〈軽蔑に値《あた》いする者よ。おまえはわれわれを裏切り、深淵および高地における史上最大の犯罪を働いた。おまえとその同族が深淵種族におこなった仕打ちを、わたしは面罵する。その罪はグレイ領主たちより重く、死によっても償えない。その罪を実際に表現できる言葉など、どこにもない。永遠の昔から忠実に仕えてきた深淵種族に対し、おまえたちが報いたのは、グレイ作用の生け贄《いにえ》にすることだった。できれば全員、殺してしまいたい……！〉

われわれを殺すことなどだれにもできない、と、ミゼルヒンは思った。われわれは死に打ち勝ったのだから。

踵《きびす》を返し、憤懣《ふんまん》やるかたないルラ・スサンのささやきに背を向けると、二歩進んでシャフトのところへ行く。千メートル地下までつづくシャフトはロイヤルブルーに光るプシ・エネルギーからなり、ミゼルヒンが望めば分子転換して鋼の硬度を持つようになる。かれはさらに一歩踏みだし、下へと向かった。

落下速度を落とすための力場はなく、千メートル下での墜落死を避けられるような保安メカニズムも皆無《かいむ》だ。なめらかなむきだしの壁が、まっすぐ下につづいている……ただそれだけ。

にもかかわらず、墜落することはない。ゆっくりと下降していく。

ここでは重力が本来の法則にしたがわないのだ。空気はどんどん密になり、ミゼルヒンのからだを支えるクッションがおのずとできる。下では当然ながら、床が羽根のようにやわらかくなって〝ゲスト〟を受けとめる。

自然物も任務に熱心だから……

憂えるような苦い笑みがミゼルヒンの口もとに浮かぶ。

わかったか、スウ・オオン・フー？　おまえの望みがかなうことはない。時空と物質とエネルギーを支配する者を、どうやって殺すというのだ？　おまえが発射した武器はすべて無力化され、盛った毒は水になり、爆弾はその劫火でこちらを焼きつくすかわりに花々を咲かせる。おまえの殺害意欲すら、こちらに向けられたとたん、愛情に変えることができるのだぞ。

ミゼルヒンは頭をかたむけ、聞き耳をたてる。

稜堡はしずかだ。もうずいぶん長いあいだ、このしずけさがプシオン要塞地下の丸天井空間を満たしている。かつてはロイヤルブルーの部屋に多くの声が生き生きとあふれていたが、いまは聞こえない。いずれは静寂だけが稜堡の住人になるだろう。

だが、まだその日はこない。

まだ、やりのこしたことがある。

ふたたびスウ・オオン・フーのことを考えた。あれほどの憎悪につきまとわれるのはつらい。その憎しみゆえに深淵遊泳者は、深紅の海をこえる危険を冒してやってきたのだ……裏切り者を殺すために。だが、ルラ・スサンたちが裏切りのなにを知っているのか？　かれらは表面しか見ていない。ヴァジェンダが枯渇して深淵の地がグレイになったのは、われわれの裏切りのせいだと考えている。ひどいやり方でだまされたと思いこみ、絶望に駆られてこちらを憎んでいる。それがかれらに唯一できる反応だから。ティジドやジャシェムやサイリン、シャツェンの保管係と同じく、ヴァジェンダの守護者ルラ・スサンはもっとも古くからの信頼できる忠実な協力者だ。なのに怒りにとらわれて、できないことをしようとしている。死という言葉が意味をなさない相手を殺そうというのだから。

ミゼルヒンは笑い声をあげた。その哄笑《こうしょう》は光り輝く壁や脈動する天井に冷たく反響し、稜堡の巨大な建物内をめぐって、人目につかない通廊を逍遥する。

ミゼルヒンとその同族はあらゆる危険を恐れる必要がない。その理由を突きとめることは、聡明で力強きジャシェムにさえできなかった……何深淵年も前から独力でグレイ作用とグレイ領主の攻撃に抵抗してきたテクノトールにさえ。

ミゼルヒンは足を速めて拱廊《きょうろう》を通過していく。これは稜堡の南壁にある塔と、絵の部屋すなわち〝時間肖像画の間〟をつなぐものだ。だれとも出会うことはない。稜堡は巨大で、絵の部屋まではかなりの距離があるのだが、それでもあえて、時空を思いどおりに変形してメートルをミリメートルに、あるいは分を秒に縮めたりはしなかった。

そうしないのには、それなりの理由がある。

時間になんの意味も見いだせない生物でも、ときには時間の掟にしたがう気になるもの。

急に混乱をおぼえ、ひと休みする必要を感じたのだ。高位勢力に送りこまれた偵察員……境界防塁のプラチナ峠をこえて光の地平に侵入してくる深淵の騎士三人……と、ついに対面するにあたって、呼吸をととのえなければ。深淵の地における全世代のうち、最後の稜堡で起きている変化を知る者はだれひとりいない。そして自分はいま、再建作業の失策以降で最大の変化を前に、時間稼ぎをしようとしている……

また失敗することを恐れているからだ、と、ミゼルヒンは思った。また、だめかもしれない。ふたたび失敗したら、悲惨な結果が待っている。今回も無能ぶりをさらけだせば、さらにひどいことになる。深淵の地は没落し、われわれが守るべきだった者たちはすべて死んでしまうだろう……

ミゼルヒンは立ちどまり、大きく息をついた。長い距離を歩くのに慣れていないのだ。拱廊はプシ・エネルギー壁がはなつロイヤルブルーの輝きに照らされ、まっすぐ稜堡をつらぬいている。数キロメートル先ではせまくなり、壁も床も天井もぼやけて、褐色の染みのように見えた。その染みのまんなかに赤い点がひとつある……時間肖像画の間の入口扉だ。

歩くのに疲れたミゼルヒンは、命令によって空間を褶曲させ、目的地の距離をいっぺんに縮めた。一瞬のち、赤い点が目の前で巨大な半円となってあらわれる。扉は開いていた。足を一歩踏みだすと、そこはもう絵の部屋だ。

この部屋は最後の稜堡の丸天井空間でいちばん大きいわけではないが、唯一ミゼルヒンが畏怖の念をおぼえる場所だった。天井は目眩《めまい》を感じるほどの高さで湾曲しており、奥の壁は遠近感が狂うほど遠くにあるため、手のひら大の長方形にしか見えない。物音をたてれば、こだまが何度も反響をくりかえす。

ミゼルヒンは躊躇《ちゆうちよ》した。

空虚な静寂が心に重くのしかかる。この部屋を訪れなくなって、もうどれくらいになる？　どれほどの期間、この場所を避けてきたことか！　なのにいま……深淵の騎士との決定的対決を目の前にして、わたしは種族の至聖所へともどってきた。

ここの空気を吸うと、かつての記憶がよみがえってくる。大いなる希望に満ちていたあのころ。何千もの顔、顔、顔。はるか昔に聞けなくなった声。ずっと前にグレイの道を歩んでいった友たち……

部屋の壁に目をやった。心臓が縮む思いがして、胸に痛みがはしる。ミゼルヒンという生物が唯一感じることのできる、魂の痛みであった。その壁には上下左右にずらりと、物質化したヴァイタル・エネルギーからなる額縁が配置されていた。金色の光でできた、縦四メートル、横二メートル、奥行き一メートルの額縁で、ほかの壁にもびっしりならんでいる。ぜんぶで十五万架。

しかし、ほとんどの額縁は……からっぽだ。

ミゼルヒンはゆっくりこうべをあげ、どこまでもつづくからの額縁の列のなかで、ぽつんと色が光っている場所に目をやった。そこに時間肖像画が一枚ある。視線を滑らせていく。二枚め、三枚め、四枚め……そして五枚め。最後の一枚である。

鬱々《うつうつ》として考えた。十五万名のうち、たった五名。

もうあきらめて、ここから逃げだしたい。内側から突きあげてくるそんな衝動に鉄の意志で逆らい、かれは時間肖像画の間にとどまりつづけた。

けっしてあらがうことのできない悲しみに黙って満たされたまま、五枚めの肖像画に視線を注《そそ》ぐ。金色の枠に入った、見慣れた姿だ。かつて何度もこの絵の前にたたずんだもの。

絵のなかの人物は発育不良のようなヒューマノイドで、身長は一メートルそこそこ、しなびたリンゴの皮みたいにしわだらけでくしゃくしゃの褐色の肌をしている。胴体は細く、大きな禿頭《とくとう》の重みを支えるのが難儀そうに見える。顔の大半を占める大きな黒い目は井戸のように深い暗さをたたえ、ちいさな鼻と口は貧弱な感じだ。両腕がぶらぶら揺れて膝までとどいている。その脚はみじかく、胴体と頭の重みで曲がっていた。黒っぽい角質におおわれて指のない足は非常に大きく、道化《どうけ》師のそれを彷彿《ほうふつ》させる。

この肖像画は深淵年で数十万年のあいだ、ここにかかげられている。最後の稜堡の中心にある、絵の部屋に。想像をこえたこの時空間で、ミゼルヒンと同じくなにも変わらぬままに。

消像画は三次元映像だが、ホログラムではなかった。実体を持つから。かといって、物質プロジェクションでもない。

これは、すでに数十億年を生きてきた生物の生涯からとりだした一秒をあらわす絵なのだ。現実の時の流れから一秒だけ切りとり、ヴァイタル・エネルギー製の額縁に保存したものである。

つまりこの肖像画は、描かれた本人そのものということ。無限の時によって分離された同一人物の二バージョンは、自然法則がかれらに道具としてあたえた技術を使うことにより、この場所でひとつになる。

ミゼルヒンは絵に精神を集中し、対話したいと望む。いつものごとく望みはかない、たちまち絵が千年の眠りから目ざめる。頭が動き、暗く大きな目が輝いて、細い唇が開いた。

「ミゼルヒン！」甲高《かんだか》いといえるほど細い声が響きわたる。「本当にきみなのか、ミゼルヒン？　わたしは夢をみていた……いくつも……どれくらいになる、ミゼルヒン？　きみが最後にここを訪れてから、何深淵年が過ぎたのだ？」

「ほぼ千年」ミゼルヒンは答えた。

千年、千年、千年……こだまが何度もくりかえされ、やがて丸天井に消えていく。

「千年！」時間肖像画はそういうと、額縁のなかから上下左右を見わたし、向かいの壁に目をとめた。金色にかこまれた枠が床から天井まで、右はしから左はしまで隙間なくならんでいる。どれもからっぽだ。額縁だけで、絵は一枚もない。肖像画は悲痛な声で、「ニルデフィン！　ニルデフィンの絵はどうした？　どこだ、どこにある？　前回きみが訪れたときはすぐそこにかかっていたのに。それに、ジャアムの絵も消えている！　フールガル、ドウブーレン、ラシーン……みんないない！　きみが最後にここへきたあと、なにが起きたのだ？」

「千年は長い」ミゼルヒンは小声で答えた。「われわれが最後に話をしたときでさえ、仲間は四十名ものこっていなかった。不運が起きたのは十一深淵年前だ。われわれ、創造の山の門にあるプシオン封印がゆるんだのを発見した。ニルデフィン、ジャアム、フールガル、ドウブーレン、ラシーン、そのほか二十五名が創造の山に向かい、封印を破って門を開けた。高地に救難信号を送り、コスモクラートに助けをもとめたのだ。ところが突然、門が不安定になった。三十名は接続を維持しようとしたのだが、深淵に吸いこまれてしまった。われわれが助けに駆けつけたときはすでに遅かった」

「ということは、かれらもまたグレイへの道をたどったのだな」肖像画が苦悩の声をあげる。「事故だったのか、それとも……？」

「グレイ領主たちの罠だ」と、ミゼルヒン。「なんらかの手段でこちらの計画を知り、コスモクラートに救難信号を送るのをじゃましようとしたのだ。どうにか目的は達したものの、三十名は深淵に引きずりこまれてしまった」

「で、救難信号はどうなった？　返事がきたのか？　コスモクラートは助っ人を送ってきたか？」

ミゼルヒンは唇を一文字に結んだ。すこしのあいだ、かつて味わった苦いものが喉にこみあげてくる。

「助っ人か……ああ、物質の泉の彼岸に住まう上位存在は、たしかに助っ人を送ってきたとも！　だが、こちらが要求したのはオルドバンの監視艦隊のような大軍勢だぞ。われわれ、可及的すみやかに救援部隊を派遣してほしいと、まさに泣いてたのんだのだ。自分たちで深淵の地を制御できなくなったことも、外からの助けがないとカタストロフィになるだろうことも、白状した。自分たちでなく深淵種族を救うためなのだと告げ、手心くわえることなく状況を説明して……」

声が興奮で裏返った。おちつけと自分にいいきかせ、先をつづける。

「この救難信号を送ったせいで、三十名はグレイへの道をたどることになった。のこったわれわれは、コスモクラートが見捨てるはずはないと考えてみずからをなぐさめたもの。だから、待った。待ちつづけた。きっと、大艦隊あるいはコスモクラートの全権大使で七強者クラスの者が装備をととのえ、深淵と高地がふたたび連絡できるのに必要な手段を持ってくる。領主たちの力を打ち砕き、グレイ作用をとりのぞいてくれる。そう期待して」

「で？」と、時間肖像画。「大艦隊はきたのか？　深淵と高地はふたたび連絡できるようになったのか、ミゼルヒン？　コスモクラートはだれをよこしたのだ？」

「偵察員三人だ」ミゼルヒンは答えた。「たった三人だが、それでも高地からの偵察員にはちがいない……コスモクラートのオーラを帯びている。深淵の騎士なのだ！」

ミゼルヒンと肖像画はたがいを見かわした。

「その意味はわかっているな、ミゼルヒン？」肖像画が訊く。

「ああ」かれはうなずいて、「まだグレイになっていないわれわれ五名、全員わかっている。コスモクラートの計画において、もはや深淵の地はなんの意味もない。物質の泉の彼岸では、もうわれわれにたよることなくモラルコードを修復できると確信している。コスモクラートは深淵の地を犠牲にする気なのだ」

「つまり、オルドバンが悠久の昔から捜索していたものが見つかったということ。〃トリイクル9〃が！　オルドバンはかつてのプシオン・フィールドをついに発見したのだ。そして……」肖像画はすこしためらったのち、「そしておそらくコスモクラートは、それを深淵にもどすための準備をすでにととのえた！　トリイクル9がふたたびプシオンの二重らせんに組みこまれる。そうしたら……そうしたら……」

「その瞬間、深淵の地は通常宇宙に落下する」ミゼルヒンは単調な声で締めくくった。目だけが思いを伝えている。痛恨、驚愕、怒り……それに、敗北感を。「そうなると、通常の物理法則がふたたび支配するようになる。深淵の地は粉々に砕け散り、種族はすべて死に絶えるだろう」

「ありえない。そんなこと、かれらにできるわけがない！」肖像画がささやく。

「かれらは全知なのだぞ」ミゼルヒンは思いださせるように、「モラルコードが損傷したままだとなにが起きるか知っている。より大きな犠牲を防ぐため、深淵種族を犠牲にするわけだ。それこそ全知の意味するところ。より悲惨で残酷な結果を招かないために、残酷であれと強要する……」

すべてはわれわれの責任なのだ、と、ミゼルヒンは絶望的に考えた。われわれが失敗したから。モラルコード修復の機会を逸してしまった。コスモクラートには、べつの選択肢を選ぶ以外に方法がなかったのだろう。たとえどんな結果がわれわれと深淵の地に降りかかるとしても。

ミゼルヒンは踵を返し、ぎこちなく歩きはじめた。時間肖像画との対話で思考が明晰になるどころか、かえって内面がかきみだされた気がする。

「だとしても、なにかしないと！」肖像画が呼びかけた。「深淵種族をカタストロフィから救うため、なにか行動しないと、ミゼルヒン！」

「できるだけのことはする」ミゼルヒンはしずかに応じた。相手にではなく、自分自身にいいきかせるように。「だが、われわれ、もう五名しかいないのだ」

「時空エンジニアではないか！　きみたち以外にやれる者などいない！」

きみもそのひとりだ、わが肖像よ……と、ミゼルヒンは思った。そして、きみと同じくわれわれもまた、けっして逃れられない額縁のなかに囚《とら》われている。

かれは絵の部屋からゆっくり出ていった……しわだらけの褐色の肌、大きな頭、その頭を支えるには華奢《きゃしゃ》すぎる胴体、揺れる腕とみじかく曲がった脚を持つ侏儒《しゅじゅ》の姿で。

2　深淵の地・知られざる物語　その一

深淵とは……

別世界、あるいは別次元という言葉では表現できない。深淵は宇宙空間の〝下〟に存在するn次元層だ。これが多元宇宙にあるべつの時空連続体とアインシュタイン宇宙を隔てて、宇宙のなかに重層ゾーンが生じるのを防いでいる。

この深淵層のなかに、宇宙創造プログラミング〝モラルコード〟の情報記憶バンクであるプシオン・フィールドが二重らせんのかたちで封じこめられている。

この二重らせんは大宇宙のすべてにわたってひろがる。

ある意味、それじたいが宇宙だといえよう。世界のあり方を決めるための情報をふくむのだから。二重らせんのなかに、時間と空間、エネルギーと物質、進化と生命形態をつかさどる自然法則が保管されているのだ。

モラルコードは宇宙をプログラミングするもの。それが変質したり不具合が生じたりすれば、宇宙の変質と不具合につながる。

宇宙創造プログラミングとその被造物とは、つねに相互接続した状態にある。〝メッセンジャー〟と呼ばれるn次元搬送物質が各プシオン・フィールドと、そのフィールドが担当する宙域のあいだで情報のやりとりをしているから。

こうしたフィールドのひとつが、トリイクル9という名で呼ばれるものだ。

トリイクル9は深淵のなかに埋めこまれ、ほんの一部だけが、ハイパー次元性のゆがみというかたちで通常空間に突きだしている。このゆがみは、かみのけ座銀河団にある空虚空間……巨大銀河ベハイニーンの境界から二百八十万光年はなれたポジションにあった。

トリイクル9は、モラルコードのなかに無数にあるプシオン・フィールドのひとつにすぎない。

しかし、それをいうと実際の重要性は伝わるまい。トリイクル9にひとつ不具合が生じれば、必然的に局部銀河群のスケールを持つ一宙域がまるごと影響を受ける結果になるのだから。

宇宙創造プログラミングに保管されたプシオン情報は莫大なもの。それを考えたら、時が流れるうちには不具合が起きるのが当然かもしれない。

数百万年、数十億年という時が流れるうちには。

不具合は突然変異のかたちであらわれる。プシオン情報記憶バンクというシステムのなかに、突然変異は要素として組みこまれているのだ。たいていはシステムによって中和されたり統合されたりするのだが、ときに重大な変異が起きると、その自己回復力をこえてしまう。

こうした突然変異の発生を見張り、混沌の勢力の攻撃からプシオン・フィールドの二重らせんを守るため、秩序の勢力、すなわち物質の泉の彼岸に住まうコスモクラートは、特別全権代行を任命することにした。

これら全権代行がそれぞれ、無数の補助種族からなる数百万隻の監視艦隊を組織する。トリイクル9も、ほかすべてのプシオン・フィールド同様、一巨大艦隊によって監視されることになる。

その艦隊の総司令官は、サドレイカル人オルドバン。

オルドバンはあまたいる監視者のひとりにすぎず、トリイクル9はあまたあるプシオン・フィールドのひとつにすぎない。

ところが、そのトリイクル9が突然変異を起こしたのだ。さらにまた、それを監視する義務をおこたったのがオルドバンだった。

トリイクル9は変異したせいで、深淵に固定されていた基部がゆるみ、宇宙の二重らせんからはずれてしまう。モラルコードに欠損部分ができ、宇宙創造プログラミングに不具合が生じたことで、近くのプシオン・フィールドにも影響がおよぶ危険が出てくる。

メッセンジャー経由でトリイクル9から情報を受けとっている宙域も変容することになる。つねに流れてきていた情報が遮断され、秩序のない未開状態に後退するのだ。

モラルコードの損傷はまた、ネガスフィアを生みだすことにもなった。

それはつまり、混沌の勢力が強大化するということ。

宇宙開闢《かいびゃく》以来、コスモクラートとカオタークのあいだで維持されてきた均衡が、混沌の勢力の有利に働いてしまう。

この均衡をとりもどし、さらなるプシオン・フィールドがドミノ効果で変異するのを防ぎ、モラルコードを修復する……それがコスモクラートのめざすところである。

かれらは、監視艦隊をひきいて捜索の旅に出たオルドバンが変異フィールドを見つけるものと信じていた。そうなればトリイクル9の変異を修復し、このプシオン情報記憶バンクをふたたび宇宙の二重らせんに統合させることができると。

ところが、のちに無限アルマダと呼ばれる数百万隻、数十億隻の艦船が永遠につづく彷徨から帰還することはなく、コスモクラートは危機的状況に立たされたと知る。オルドバンによる捜索が長引けばそれだけ、近傍宙域のフィールドに突然変異が起きる恐れも強まるから。

そこでコスモクラートは、超越知性体への進化を目前にした一種族に命じ、トリイクル9の代替品をつくらせることにする。消えた情報記憶フィールドが変異する前のかたちを、完璧にコピイしたものを。

この任務を負った種族は科学面・技術面で最高レベルに達していた。星間に存在する原物質とハイパー空間の無尽蔵のエネルギーを使って、銀河系をつくりだせるほどのレベルだ。時空構造を変え、一定の枠内で自然法則を操作することもできる。

時空エンジニアである。

かれらは数百年かけて状況を分析し、さらにまた数百年かけて研究を重ね、トリイクル9の再建を成功させる方法を見つけだそうとした。こうした前段階の準備が数千年もつづいた。

そして、ようやくその日がくる。

数百万年つづく道に向けて、最初の一歩を踏みだしたのだ。

かみのけ座銀河団の空虚空間、かつてハイパー次元性のゆがみとしてトリイクル9があったポジションに、深淵と通常宇宙をつなぐシステムが生まれる。鍵のかたちをした惑星規模の物体を、時空エンジニアがつくりだしたのだ。深淵への入口……〝深淵穴〟である。

深淵穴が完成して通常宇宙との接続が安定すると、時空エンジニアは次なるステップに進んだ。

はてしない数の情報プールをふくむプシオン・フィールドを自分たちだけで再建する

のは荷が重すぎると、かれらは知っていた。多くの協力者が必要だ。さまざまな能力を持ち、深淵をあらたな故郷ととらえる生物たちが数百万名、いや、数十億名いなくてはならない。しかも、無期限で。

これらの補助種族をあらゆる宙域から呼び集める必要がある。可及的すみやかに円滑に招集するため、時空エンジニアは宇宙規模の輸送手段を編みだした。各種族が六次元通廊を通って深淵穴に到着できるよう、無数の銀河に〝深淵駅〟を設置したのだ。深淵駅の管理は、ある非ヒューマノイド種族にまかせる。すでにコスモクラートの従者として任務をこなしていたテレパスだ。こうしてナルル・ナルレンホルトが最初の深淵税関吏となり、コル銀河の中央駅コルトランスで指揮をとった。

次に、時空エンジニアはジャシェムを補助種族に任命した。天賦《てんぷ》の技術者であり科学者のジャシェムは、時空エンジニアのハイテク武器庫へのアクセス権を持つ。かれらに出された課題は、深淵にひとつの人工世界を設計・建造すること。その世界は深淵次元の法則に合致しながらも、任務の重要さにかんがみて、それ相応の大きさを持つものでなければならない。

ジャシェムは時空エンジニアの援助を受けつつ、この課題にとりくんだ。

深淵の新世界は円盤のようなかたちをしている。直径は一光年、すなわちほぼ九兆四千六百億キロメートル。時空エンジニアの計画どおり、円盤世界の空想上の南極にあたる場所は深淵穴から直接つながっていて、北極のすぐ近くには、かつてプシオン・フィールドのトリイクル9が固定されていた基部がある。プシ物質からなる巨大な塊りで〝創造の山〟と呼ばれる。

新世界の名前は〝深淵の地〟という。想像を絶する水平方向の規模に対し、垂直方向へのひろがりはきわめてちいさい。宇宙空間の〝下〟に存在する空間という独特の物理法則により、三次元に関して制限があるのだ。ぴったり二千三百十二メートルが高さの限界となる。

深淵定数である。

通常宇宙における光の速度と同じで、自然法則のひとつだ。

ただしジャシェムの研究では、大量のハイパー次元性エネルギーを消費した場合のみ……これも通常宇宙で光速の壁をこえるときと同じだが……深淵定数を克服できる。

それから数百年かけて、ジャシェムは高度技術施設を建造する。光、大気、温度、気候、重力、そのほか生命を維持するのに必要なファクターの産生・管理をになうものだ。そのための中枢施設となる〝ニュートルム〟が深淵定数の上、次元泡のなかに設置された。ニュートルムの指揮のもと、必要不可欠なメカニズムを生みだす工場群が〝サイバーランド〟に建造される。

ジャシェムは次の数千年で、生存を可能にする数々の自立的環境システムを設計・製造する。いずれも、やがてやってくる補助種族のさまざまな要求に合わせて特別にアレンジしたものだ。一方、時空エンジニアたちはべつの場所に去った。そこは深淵穴の下、七百七十万平方メートルにおよぶ領域で、深淵の地のほかの場所とはプシオン成分をふくむフォーム・エネルギー製の壁で隔てられている。これはコスモクラートの要望による保安処置だ。むろん深淵穴は、ネガティヴ意識を持つ生物を排除するように調整されてはいるが、コスモクラートも時空エンジニアもこの防御メカニズムを信用していないから。

　混沌の勢力の手下が深淵に侵入するのをあらかじめ防ぐため、コスモクラートはみずからの被造物を深淵穴に配置することにした。宇宙の始原からきた異質な存在、深淵監視者だ。深淵穴の下にあるフォーム・エネルギー壁は予備のバリアとなる。

　いまのところジャシェムの最後の大きな技術的成果といえるのは、深淵の地を網羅する非常にこみいった転送機システムだ。多大な物質と人的資源を費《つい》やした結果、まず数千、やがて数百万、最後は数十億の転送機ドームが建造される。いずれのドームも、もよりの転送機から一光秒、すなわちほぼ三十万キロメートルはなれている。

　時空エンジニアは深淵の地における空想上の北、創造の山から一光時はなれた場所に、まさにかぎりない資源の保管庫を設置した。のちに〝境界防塁〟と呼ばれるものだ。

　だが、まだ転送機システムの完成を見ないうちに、深淵の地は予測せぬ謎の現象に見舞われる。それがきっかけとなり、時空エンジニアはさらなる補助種族を動員することになる。

時空エンジニアの呼びかけでやってきたのは、アライ人種族だった……

3

アトランは夢をみていた。死にゆく銀河コルの中枢部にあるグリーン恒星コルトランスの夢を。深淵税関吏ドルル・ドルレンソトや、深淵穴の不気味な監視者も出てきた。さらに旧・深淵学校と、スタルセンの地下墓地。チュルチにウェレベル、太古の樹木生物ケルズル……

〈あれからもう十六カ月が過ぎた〉論理セクターの無感情なメンタル音声が、夢の世界に割りこんでくる。〈いまはNGZ四二九年、旧暦だと四〇一六年の二月一日がちょうどはじまったところ。そろそろ起きる時間だ！〉

アトランは目を閉じたまま、なかば眠った状態で現状を思いだそうとした。いま自分はどこにいて、この数日あるいは数時間になにが起きたのか。やがて、記憶が激流のように押しよせてくる。

ヴァジェンダが領主判事クラルトのグレイ軍団に征服されたこと。ヴァジェンダも深淵の地でまだグレイになっていなかったほかの領域も、自分たちだけ助かろうとする時空エンジニアのせいで犠牲になったのだと、最後の深淵遊泳者スウ・オオン・フーが主張したこと。グレイ領主たちが自分とジェン・サリクとテングリ・レトス＝テラクドシャンを深淵哲学に転向させて、グレイ議場の一員すなわち領主判事にしようとしたこと。もとアストラル漁師ギフィ・マローダーとの出会い……そして、バス＝テトのイルナ。女アコン人の姿であらわれたサーレンゴルト人は、カッツェンカットの姉だった。遺伝子同盟のエージェントによって、死をもたらすウィ＝ンの悪夢から目ざめ、弟を殺せといわれたのだ。

その後、われわれは逃亡し、メンタル性の連山である境界防塁の峠道、プラチナ峠にやってきた。峠の最高点をこえたとたん、ホルトの聖櫃《せいひつ》が突然またあらわれ……やがて、まばゆい金色の光あふれる光の地平、時空エンジニアの帝国に到達したのだった……

〈光の地平に着いて一時間たったとき、いきなりまばゆさが消えたのだ〉論理セクターが思いださせる。〈あらゆることから推察するに、この光は〝準プシオン性現象〟とでも呼ぶべきもので、短時間のうちに意識が順応するらしい。危険なグレイ作用をまちがいなく中和すると思われる。ついにグレイ領主が追ってこなかったのだからな。ちなみに、こうした現象のせいで光の地平という、いっぷう変わった名前がつくことになったのだろう〉

アトランはマローダーの言葉を思いだす。イルナにとって光の地平の六次元要素は致命的なもので、ともにプラチナ峠をこえたなら死んでしまうだろうといっていた。この準プシオン性光現象のことだったのか？

かれは唇をきつく結んだ。

考えてもしかたない。イルナはギフィ・マローダーといっしょに消えてしまった。いつかふたたび会える見通しはまさに絶望的だ。

「いまいましい！」と、思わず吐き捨てる。

〈いまは思い出にひたって感傷的になったり、最初からうまくいかないとわかっている色恋沙汰に浮かれたりするときではない〉論理セクターだ。〈領主たちのせいで深淵の地はすべてグレイになった。最後の望みは、可及的すみやかに時空エンジニアとコンタクトすること。かれらの協力がなければ、深淵の地をグレイ作用から解放するチャンスはない〉

〈しかしその時空エンジニアが、わかっていながら深淵の地を犠牲にしたのだぞ〉アトランは苦々しく考えた。

〈なんの証拠もないではないか。時空エンジニアのことをわずかしか知らないのに、最終判断をくだしてはならぬ〉

そのとき突然、アトランの目前に死にゆく銀河コルの映像がふたたび夢のごとく浮かんだ。まるで、深淵の地とその創設者である時空エンジニアの没落の象徴のように。

付帯脳は象徴には関心がないらしく、こういった。

〈いま深淵と時空エンジニアについて、これまでにわかったデータの複合的分析にとりくんでいるのだが、いくつか注目すべき知見があった。コル銀河の予定より早い老化プロセスは、かなりの蓋然性で深淵の地の建設が原因だと考えられる……〉

付帯脳がなにをいいたいのか、アトランは直観で察知した。

〈つまり、時空エンジニアがコルのエネルギーの大部分を物質に転換し、それを使って深淵の地を建設したということか？　なるほど！　コルのように老いた銀河が比較的若い銀河団のなかにあったことも、それで説明がつく！〉

〈そのとおり〉と、論理セクター。〈この分析をさらに進め、いずれ『深淵の地・知られざる物語』としてレポートにまとめるつもりだ〉

アトランはつづきを待ったが、付帯脳はそれ以上なにもいってこなかった。

目を開けてみる。正確に二千三百十二メートルの上空を、深淵の地に特有のぶあつい雲が隙間なくおおっていた。中心となる光源はここでもやはり見あたらない。空のどこを見ても、一様な明るさがひろがっている。まるで地球の秋日のようだ。

境界防塁をこえたときに時空エンジニアの帝国が迎えてくれた、準プシオン性の光の洪水はもう見られない。

アトランは起きあがり、ティラン防護服が周囲と同じ色になっているのにすぐ気づいた。光に満たされて透明になった地面と同じくらい明るい金色で、上空にかかる雲の天井のように白々としている。光と雲、それがこの平原で目にうつるすべてだった。

ほんの数歩先で、ジェン・サリクとテングリ・レトス＝テラクドシャンがどこまでもつづくガラスの平原に腰をおろしている。サリクは背中を向けていたが、ティラン防護服どうしがコンタクトするため、アトランが目ざめたことが伝わったのだろう。振り返り、アルコン人を見てたずねた。

「よく眠れましたか？」

「まだたりない」アトランは答える。「ひどい疲れを感じる」

「たぶんグレイ作用の影響がのこっているのだ」と、レトスがいった。「きみたちふたりとも、細胞活性装置がなかったら、ここ数週間の苦行をこれほどスムーズに克服できなかっただろう」

「きみはどうなのだ？」アトランはレトスを探るように見た。

「わたしは意識プロジェクションだから」レトスは金色の模様が入ったエメラルドグリーンの顔をほころばせる。アトランやサリクとちがい、ティランではなく昔ながらのハトル人用コンビネーションを着用していた。これもティランと同じく、抽象化した思考パターンのかたちで深淵に持参してきた一種の〝メンタル設計図〟を、スタルセン壁のフォーム・エネルギーを使って再現したものだ。「物質の姿をとったら即座に、コンビネーションの半有機繊維が活性装置の役目をはたしてくれるしな」

アトランはこうべをめぐらせ、巨大な連山に似た境界防塁をぼんやりと眺めた。いちばん高い山は雲の天井にとどいている。頂上の白い色は雪を思わせるが、じつはフォーム・エネルギーだ。白くおおわれた山々は、鋼、銀、錫、イリジウム、銅、金、チタン、亜鉛、青銅、ビスマスといった金属でできている。険しい断崖からは色鮮やかなフォーム・エネルギー製の氷河に似た構造物が突出し、溶けた金属がもうもうと絶壁になだれ落ちる。高純度の白金からなる岩棚が目がくらむほどの高みへとそびえ、高さ二百メートルはあるクロムの尖岩が純ウランの台地からのび……

境界防塁は難攻不落の障壁だった。左右方向にどこまでも、はるか彼方までつづいている。これまで入手したあらゆる情報によると、深淵の地のはしからはしまで隙間なくカバーしているという。水ももらさぬバリアなのだ。いちばん低い山でさえ、深淵定数の影響範囲にある。これを踏破するのは不可能と思われた。

唯一のチャンスは、プラチナ峠を通っていくこと。これは連山にただ一カ所のみ存在する切り通しで、グレイ領主の山要塞の千キロメートル西にあり、防塁をつらぬいている。ここは深淵定数の影響範囲からわずかに下であった。

アトランは思い描いてみる。境界防塁は何十億トンの金属でできているのだろう。まさに汲めどもつきぬ資源の宝庫だ。その資源を、ニー領の領主は自分たちの軍備拡張に利用している。

ニー領の全体がひとつの兵器工廠《こうしょう》ということ……

〈いったいいつまで、そうやってぶらぶらしている気だ？　領主の軍団がプラチナ峠に侵攻し、光の地平を征服するのを座して待つつもりか？　深淵の騎士たちはもっとちがう存在だと思っていたが、三人とも無為の悪習にふけるおろか者だったとは。行動しろよ！　貴重な時間がどんどん過ぎるのに、のらくらするばかりではないか！　そんな状態で、よくも創造の山をめざすつもりになれるな……〉

アトランは境界防塁から視線をはずし、数メートルはなれた空中に浮かんでいる黒い箱をじっと見つめた。出しゃばりな、ホルトの聖櫃だ。

〈ほかにすることはないのか？　ぼうっとこちらを見つめるだけか？〉箱がメンタル音声を張りあげる。

アルコン人は冷たい笑みを浮かべた。

聖櫃はこれまで何度か、役にたつ協力者としてだいじな情報を提供したもの。しかし、アトランはこの相手をまったく信用していない。

たしかに聖櫃がいなければ、あれほどすんなりシャツェンの保管係の信頼を得ることはできなかっただろう。とはいえ、黒い箱のなかに入っている深淵の地図はじつにおそまつな内容だった。おまけに自分が時空エンジニアの偵察員であることを、サイバーランドでのどさくさにまぎれてようやく打ち明けたのだ。深淵穴が通常宇宙への出入口として使えるようになったかどうか確認するため、ずいぶん前にスタルセンに派遣されたのだという。

アルコン人から見れば、この黒い箱はあてにならない存在だ。それに、その忠誠心を疑うに充分な理由もある……

かれはとげとげしい笑い声をあげた。

いまこそ、その疑念を追求してやろう。精神集中し、ティランに思考命令をあたえた。聖櫃がテレパシー能力を持つとはいえ、アトランはメンタル安定人間だ。出しゃばりな金属箱の詮索からおのれを守るくらい、余裕でできる。

ふいに、ティランの手首のふくらみから四つの物体が飛びだした。鏃《やじり》のように見えるが、本来は致死性の武器システムだ。メンタル操作によってインパルス銃、分子破壊銃、インターヴァル銃、サーモブラスターになる。それらが鋼の昆虫のごとく、ホルトの聖櫃の周囲を飛びまわった。

テレパシーの悲鳴が聞こえたと思うと、黒い箱は消えた。五十メートル先でふたたび実体化し、わめきちらす。

〈裏切りだ、策略だ、陰謀だ！　これが犠牲的精神で協力した者への返礼か……卑劣にも、わたしを殺そうというのか！〉

アトランは思考命令で武器をティランの手首のふくらみにもどした。射程距離は十メートルもないので、安全距離をとっている聖櫃を攻撃するには、とてもたりない。

それでも、とにかくこちらの意志をしめしたかったのだ。

ジェン・サリクとレトス＝テラクドシャンが驚いて見ているのに気づき、アトランはなだめるように手を振った。それから、疑わしげに円を描いている聖櫃にゆっくり近より、二十メートルまできたところで立ちどまる。

〈人殺し！〉聖櫃が舌打ちした。

アトランは笑みを浮かべて、

「舌打ちしたり、ののしったり、きいきいわめいたり、そんなことがテレパシーでできるのはきみくらいのものだ。それだけでも賞讃に値いする。嘘つきの常習犯としてのみごとな功績については、いうまでもないが……」

〈だれがそんなことをいった、わたしが嘘つきの常習犯だと？〉聖櫃がいきりたつ。

〈グレイ作用のせいで頭がおかしくなったのか！〉

「きみはジェンとつむじ風にいったらしいな。前に一度、光の地平にもどろうとしたが、ニー領のグレイ作用に阻《はば》まれてできなかったと」アトランは相手の侮辱的な言葉など意に介さない。

〈そうだったか？〉黒い箱はためらいながら、〈いつ、そんなことをいった？〉

「われわれがサイバーランドにいたときだ」ジェン・サリクが割りこんだ。いつのまにかアトランの隣りにあらわれ、目をきらめかせている。「きみもよくおぼえているだろう。フルジェノス・ラルグとコルヴェンブラク・ナルドの両テクノトールは、スタルセンのグレイ領主二名に意識を乗っ取られていた。その二名がわれわれにジャシェムをけしかけたのだ。つむじ風とわたしはきみの助言にしたがい、テクノトリウムのヴァイタル・エネルギー貯蔵庫にテレポーテーションした。そのときさみは自分の出自を明らかにし、時空エンジニアにあたえられた任務について説明したではないか」

ホルトの聖櫃は一メートル上昇した。黒い箱のなかでなにを考えめぐらしているのか、アトランにはまさに聞こえるような気がした。

〈したかもしれない、しなかったかもしれない〉と、聖櫃。〈なにか、それらしきことをいったような気はするが……よくおぼえていない〉

「われわれのほうはよくおぼえているぞ」アトランは笑みを浮かべた。「ま、とにかく話によれば、きみは深淵の地を逍遥しながらグレイ領主に関する情報を集めてまわり、最後には光の地平にもどろうとしたそうだな?」

〈そうかもしれない、ちがうかもしれない〉聖櫃は煮えきらない。〈知ってのとおり、わたしはもう若くないし……ひまができると、ついしゃべりすぎてしまう……〉

「しかし、きみ自身の言葉によれば」アルコン人は相手の言葉を意に介さずつづけた。

「きみは光の地平に帰りつけなかった。境界防塁の麓《ふもと》にあるグレイ領域、すなわちニー領が突破不可能な障壁となったから。それで、なにもできずにむなしく引き返し、またしばらく放浪したのち、シャツェンの中央博物館に腰をおちつけた。そうだな？」

〈中央博物館にとどまったというのは、そのとおりだが〉聖櫃はしばしためらったのち、そういった。〈ほかのことはよく思いだせない。わかるだろう。年をとると忘れっぽくなって……〉

「一時的に意識が混濁しているだけだ」アトランはばかにしたように、「なんにせよ、きみの話にはどうも解せないところがある……」

〈そうか？〉

「そうだ。きみがかつて光の地平にもどれなかったのは、ニー領のグレイ作用に阻まれたからだという。なのになぜ、今回はそうならなかった？　どうやってプラチナ峠にたどりつき、われわれに追いついたのだ？」

〈ああ、考えればわかりそうなもの〉聖櫃はあわれっぽくいった。〈気づくべきだったよ、あなたたちがわたしを凌駕《りょうが》する存在だということに。かたや深淵の騎士、かたや故郷をなくして深淵の地をさまよう、なかばもうろくした黒い箱だ。恐ろしいグレイ生物に捕まって開けられるかもしれない危険をつねに感じつつ、家に連絡するわずかな望みを探しつづけて……〉

ホルトの聖櫃はひどく後悔したようすで深淵の騎士たちに向かって浮遊してきた。〈たしかに、わたしは小ずるい嘘つきだ！〉と、叫ぶ。〈ただの嘘つきじゃない、どうしようもない詐欺師で、破廉恥なほら吹き、みじめなぺてん師、極悪人、節操のないごろつき……〉

「もういい！」アトランの口から言葉がもれた。「そこまで自己批判されると、同情したくもなる」

「わたしの琴線《きんせん》に触れましたよ」と、ジェン・サリク。

「涙が出そうだ」レトスもいう。「つづけろ、聖櫃！　なにもかも白状するのだ！」

〈白状しよう！〉聖櫃は金切り声をあげた。〈たとえば深淵の地図に関する件だが、あれはまったくのでたらめ。例のグルシュウ＝ナスヴェドビンを狂わせようとして考えたつくり話だ。じつに愉快だった！　驚天動地の秘密がぎっしり詰めこまれていると主張する黒い箱ほど、あの保管係を夢中にさせるものはなかったから。だが、何度かれが開けようとしてもわたしはかたくなに抵抗した。あのままだとグルシュウ＝ナスヴェドビンは確実に正気を失っていたはず……もし、わたしがあらたな〝生け贄〟としてあなたたちを見つけなかったら。ただ困ったことに、あなたたちはすでに地図らしきものがあることは知っていた。むろんこちらは隙を見せるわけにいかないし、すべて嘘だともいえない。そこで、どうにかして地図に似たものをつくりだしたのだ。非常に役だつわけではないが、すごく謎めいてもいない地図を……この天才的なアイデアがなかったら、わたしはシャッツェンの中央博物館で朽ちはてていただろう〉

「おおいに考えられるな」と、アトラン。「それから？」

〈それから、わたしが時空エンジニアの任務を帯びて深淵穴の偵察に出かけたという話だが……〉聖櫃はくすくす笑って、〈もちろんそれも真っ赤な嘘。実際のところは、時空エンジニアにさんざんののしられ、追いだされたのだ。ふたたび光の地平にもどってくるな、もどればきびしく罰すると脅されて。なぜだか、理由がわかるか？　もちろん知らないだろうから、教えよう。わが告白を聞いてくれないか、友よ！〉

ホルトの聖櫃は、そこでわざとらしく間をおいた。

〈かれらはこういった。わたしがいまいましいシュラッツを、一度もまともなシュリップにして吊るせなかったと。それが理由で追いだしたのだ！　想像できるか？　千番めのシュラッツまでがフックからこちらに跳びかかってきたとき、わたしがどんな気分になったか、想像できるか？　ぞっとしたものだ、友よ！　わたしは最善をつくしたが、それでも力およばず、光の地平を去って亡命することになったわけで……あと、プレッサーについてはいうまでもない！〉

聖櫃は興奮して宙返りした。

〈わたしがフックにかまけていると、シュラッツがプレッサーから抜けだす。あるいはべつのシュラッツをプレッサーにかけたと思ったら、フックに吊るしたのがこっそり逃げだす、といった具合さ。最小の割り当てぶん、すなわち五十のシュラッツをいまいましいフックにきちんと吊るし、それぞれにナンバーを振って自筆サインを……フックじゃなく、シュラッツに……したとたん、ぜんぶがいっせいに騒ぎだすのだ。行儀よくプレッサーにかけるどころじゃなくなり、まともなシュリップができない。だが、いちばん始末に負えないのは、シュラッツのふりをするシュリップがいること。そうなると当然、吊るされたのとプレスされたのと二重に存在するわけで……深淵の悪魔すべてにかけて、こうなったら偉大なる銅版画師に呼びかけるしか手がない。しかし……いや、わたしはなにをしゃべっているんだ！　つまり、二重シュリップがどれほど悲惨な結果につながるかについては、あなたたちがいちばんよく知っているというのに……〉

聖櫃はおもしろくもなさそうに哄笑した。

アトランは暗い目つきでそれを見る。ジェン・サリクがちいさく笑ったのが聞こえた。

「二重シュリップがどれほど悲惨な結果につながるかについて、われわれはなにひとつ知らない」アトランは恐いほど冷静に応じた。「〝シュリップ〟がなんなのか、それすら知らない。ついでにいうと、わけがわからない〝シュラッツ〟についてもだれひとり聞いたことがない」

〈たしかにシュラッツはわけがわからない！〉聖櫃が同意する。〈わたしにいわせれば、ぞっとするシュラッツをフックに吊るしたりプレッサーにかけたりする作業なぞ、一秒たりともしたくない。まだ時空エンジニアの罰を受けるほうがましだ〉

「アルコンの神々にかけて！」アトランは感情を爆発させた。「シュラッツがなんなのか、すぐに説明しろ！　さもないと……」

〈本当に知らないので？〉

「知らん！」

〈だったら……〉聖櫃はすこしためらい、〈まず第一義として、シュラッツは吊るされたりプレスされたりしていないシュリップであり、シュラッツであることは第二義だ。次元振動を持つフォーム・エネルギーからなり、平均的な外見はグリーンの縞《しま》模様があるボールに似ている。シュラッツの振動が五次元領域に入る傾向があるのに対し、シュリップの振動は通常、六次元領域に入りやすい。二重シュリップになると、まったく振動しなくなる。これは当然、危険な状態で……〉

「当然だな」アトランはうなずく。「それがわからないなら、ばかだ！」

〈あ、ああ〉聖櫃はつづけて、〈ひょっとしたら、訂正してつけくわえたほうがいいかもしれない。さっきグリーンの縞模様といったのは、たんなる比喩だ。実際は、フックに吊るされたシュラッツのなかで展開するきわめて複雑な生産プロセスのようすをしめす。それに、プレッサーにかけられたシュラッツはもうボールのようにまるくはない。

あと、フォーム・エネルギーに関してだが、振動しているというのは、非因果性ハイパー数学におけるまったく異質でほとんど理解不能な一分野の超論理的メガ蓋然性の公式を当てはめた場合のみ証明できるもので……〉

「どうでもいいが、こいつ、われわれをおちょくっているな」アトランがうなる。

「わたしの意見を聞きたければいいますが」と、ジェン・サリクが考えこみながら顎をなでた。「この箱のいうことはなにひとつ信じられませんよ。シュラッツだのシュリップだの、まったく信憑性《しんぴょう》のない話ばかりで……」

「それでも、聖櫃のおしゃべりからひとつ、重要なことが読みとれる」テングリ・レトス＝テラクドシャンの言葉だ。

〈おお、そうか？〉聖櫃は浮かれてくるくると自転した。〈どういうことかね？〉

ハトル人は破顔して、

「わたしがいいたかったのは、こういうことだ。きみは悪名高き嘘つきじゃなく、天才的な嘘つきで……」

そのとき突然、黒い箱が動きをとめた。

〈お世辞でもうれしいといいたいところだが……考えられるかぎり、お世辞を聞くには最悪のタイミングだ。残念ながら、情報嵐がくる。遅くとも三十秒以内にここから逃げないと、われらの冒険は、参加者全員の早すぎた死で終わりを迎えることになるぞ〉

　アトランは本能的に反応した。ティランに思考命令を送ると、足首のふくらみに装備されたグラヴォ・エンジンを瞬時に作動させ、矢のごとく上昇。足もとで平原が遠ざかり、凍りついたような光砂漠のなか、ジェン・サリクとレトスがアリの大きさに縮まっていく。

　と、はるか遠くに見えたものがあった。地面にいては気づかなかったものが……

　思わず息をのむ。情報嵐だ！

　無数の映像が天までとどくほど高い壁になり、目に見えない力場の作用を受けて踊り狂っている。いきなりあらわれたと思うと、また膨大なヴィジョンのなかにたちまち消える。星々の、赤熱《せきねつ》する彗星の、銀河や未知惑星の映像……黒い玄武岩でできた陰鬱な都市の映像もあれば、尖塔や蒸気をあげる巨大マシン、奇怪な生物や荒れ狂う海の映像もある。角張ったアステロイドにかこまれたトンボ、グリーンの空にすみれ色の木々、火山に氷山、水と金属が溶け合うマグマの奔流、クリスタルの海に輝く宇宙船の群れ、なめし革の軍旗をかかげて装甲空気艇の部隊に襲いかかる大軍……まったく脈絡のない映像の数々がひとつになって渦巻き、すこしのあいだ出現しては消滅し、べつのものにおきかわる。やがて、それぞれ異なる何千もの騒音が合わさって耐えがたい喧噪《けんそう》になり、映像の激流とともに押しよせてきた。

〈ヴィーロチップのなかの情報嵐に驚くほど似ている〉と、付帯脳がコメント。

アトランはその現象については、レジナルド・ブルやガルブレイス・デイトンほか、人類がヴィーロトロン結合されたときにテラにいた友から報告を受けただけだ。それでも、話に出てきた情報嵐の危険性はわかる。

あそこでどよめいているのは、ただの映像ではない。物質をともなう……あるいは、すくなくとも半物質的な……現象なのだ。嵐の前線に襲いかかられたなら、押しつぶされ、最悪の場合は自分たちも永遠にあの殺人的な渦そのものになってしまう。

どうやったら深淵の地にある光の地平で、宇宙空間の下にあるこの異次元で、ヴィールス・インペリウムのマイクロチップ内と似た半物質性の情報嵐が起きるのだろうか？　だがアトランは、この問いにいつまでも頭を悩ませるというむだなことはしない。

生命の危機にあるのだ。

石が落ちるごとく、急降下する。墜落寸前でティランが制動をかけ、サリクとレトスのそばにそっと着地できた。

「箱のいうとおりだ！」と、言葉を絞りだす。「すぐに境界防塁まで逃げなくては。情報嵐がくる……」

〈むだだ〉ホルトの聖櫃が口をはさんだ。〈嵐のほうが速い〉

遠くにあったざわめきが強さを増し、耳をつんざくほどの轟音《ごうおん》となってほかの音を圧倒する。

それでも聖櫃のテレパシーの声はよく聞こえた。

〈どうやら、ほかに選択肢はないな〉と、むっつりした口調で、〈苦力《クーリー》として働く時期は永久に終わったと思っていたのだが。全員、わたしにしっかりつかまれ！〉

黒い箱が近よってきた。深淵の騎士三人はわずかにためらったのち、冷たい金属箱に手を触れる。

たちまち、非実体化した。

4　深淵の地・知られざる物語　その二

時空エンジニアは情報を満載したテレパシー・インパルスのかたちで、アライ人種族に呼びかけた。これはアライ人にとって最初の任務ではないが、これまでもっとも重要かつ困難なものだということが、じきに明らかになる。

コルトランスから六次元通廊を経由する宇宙輸送システムを使って、アライ人たちは深淵穴に着いた。深淵の奥深くに達する前、深淵税関吏ナルル・ナルレンホルトから話を聞いたときは、かんたんな任務に思えた。深淵穴のすぐ下に、時空エンジニアの補助種族が暮らすための居住区と訓練センターをふくむ都市を建造せよというものだ。さらに、想定外の問題が生じたさいには時空エンジニアに助力せよとのこと。

その都市の名はスタルセン……時空エンジニアの言語で〝希望〟をあらわす。訓練センターは〝深淵学校〟と呼ばれる。

そこに一アンドロイドがあらわれ、建設機械、ロボット軍団、物質転換機、建築用コンピュータ、それに補助種族として選ばれた者たちの細かい要望と特性を提供した。アライ人はそれをもとに、一大陸ほどもある都市と巨大な学校設備を建造しはじめる。作業はスムーズにはかどった……最初の犠牲者が出るまでは。ある日、アライ人二名が謎の作用による死を遂げたのだ。

グレイ作用である。深淵に特徴的なこの現象は、スタルセン都市外壁の向こうから凝集したかたちでやってきた。これにより、時空エンジニアの仕事はすでに初期段階で壊滅の危機となる。アライ人のプシ専門家が調査したところ、グレイ作用すなわち深淵作用は、本来の意味でいうなんらかの力ではない。力の欠如……つまり、プシオン性エネルギーが欠乏している状態なのだ。全宇宙をつらぬき、生命の存在を可能にしているエネルギーが。

これこそ生命エネルギー、すなわち〝ヴァイタル・エネルギー〟である。

アライ人の発見は正しいと証明された。深淵を存続させ、情報記憶フィールド・トリイクル9の再建作業を完了させる唯一の可能性は、ヴァイタル・エネルギーを通常宇宙から供給することだけ。

そこで時空エンジニアは、深淵の地の中心にヴァジェンダを建造する。高さ千メートル、さしわたし一万キロメートルにおよぶ、破壊不能な赤錆《あかさび》色の物質でできた卓状地だ。ヴァジェンダの中央には直径九千キロメートルの窪地……〝力の泉〟がある。深淵の地でただひとつ操作可能な、最初にできた泉で、通常宇宙のプシオン・ネットから直接エネルギーを吸引している。この力わざが百年もつづけば、深淵の地は内部から弱ってしまうだろうが。こうして地下洞窟システムが網の目のごとく整備され、トンネルを通じてヴァジェンダからヴァイタル・エネルギーが流れこむようになる。

これで不気味なグレイ作用はしりぞけられたかに見えた。時空エンジニアは計画の第二段階に入る。

宇宙のあらゆるセクターから、補助種族が続々とやってくる。そのなかにはウファン・ホルトのような単独生物もいた。ホルトは自分の精神を十五万の断片に分割し、転送機ドームにたよらずみずから輸送手段となって時空エンジニアを運ぶことができる。また、オリフ＝シャクトをコーディネーターとするアライ人のほかにも、専門家の小集団がいた。のちに盲目の隠者となる樹木生物チラス、ゲリオクラートのイルティピットや助修士ニ・ヴァルなど、数千、数万の種族がモラルコード修復のためにやってきて、深淵の地にあらたな故郷を見いだす。

そのうちの数種族は時空エンジニアから、トリイクル9の再建に直接つながる任務をまかされた。

まずは遺伝子工学の天才、ティジドだ。かれらは深淵種族の突然変異率が許容範囲内におさまるよう配慮しつつ、ポジティヴな変異を促進し、病気と戦い、グレイ作用の潜在的危険に対する遺伝上の防御ファクターを研究した。だがもっとも重要な任務は、すべての深淵種族を優生学の観点から測定し、深淵の地の遺伝学カルテを作成すること。それが、将来にひかえた〝大いなる再建〟の土台となる。

アレスタワン人とツィルミイの共生体種族には、まったくちがう種類の任務が待っていた。全深淵種族の技術・科学・文化遺産を保管する役目に選ばれたのだ。どこまでものびる博物館の建物は、多種多様な無数の文明がモラルコード修復のために集《つど》ったという証《あか》しであり、ようやくかたちになりはじめた深淵文化の礎石となるべきもの。

ところが、やがてスタルセンで由々しき事態が生じる。

チラスの最年長者ケルズルがミネラル欠乏症に悩む種族のため、解決策を探しにスタルセンの地下洞窟におりたときのこと。かれは驚いた。死を招くグレイ作用が前よりずっと活発になっているように思えたから。

ヴァジェンダからのヴァイタル流が、たとえ短時間だとしても、なんらかの理由で一時とだえたにちがいない。グレイ力はたちまち息を吹き返し、すべての生命を脅かすだろう。

チラスの発見を聞いたアライ人は、これを時空エンジニアに伝える。かれらが住む深淵の地の最北端は〝光の地平〟と呼ばれ、大いなる再建の準備に使われる最大の資源庫をこえた場所にある。時空エンジニアは状況を正しく把握した。ヴァジェンダが近いうちに枯渇してしまうような兆候はないものの、深淵作用については経験上わかっている。

かれらは再建作業を中断し、深淵の地全体にヴァイタル・エネルギー貯蔵庫を設置することにした。

だが、ヴァイタル・エネルギー貯蔵庫の建造はことのほかむずかしい。長く熱心な研究のすえ、貯蔵庫がその使命を完璧にはたすには、ヴァイタル成分を起源としなければならないと判明。この問題はじつにエレガントなやり方で解決されることになる。

ある二種族がいる。どちらも時空エンジニアの古くからの協力者だ。特殊な能力の持ち主で、きたる大いなる再建で主要な役割をはたすことになる。ヴァイタル・エネルギー貯蔵庫が早急にもとめられるにあたり、かれらは理想的なやり方で寄与した。

第一の種族はサイリン。天才遺伝子工学者ティジドの作品で、人工生命体だ。サイリンはみずからの体物質を使ってあらゆる技術機器をつくりだせる。設計図がDNAにあらかじめ組みこまれているから。ジャシェムが時空エンジニアのもとめにしたがってヴァイタル・エネルギー貯蔵庫の設計図を書き、その目的に合わせてティジドがみずからヴィールスを開発し、サイリンのDNA構造に移植した。

第二の種族はヴァジェンダの守護者、ルラ・スサンである。時空エンジニアの補助種族のなかで、深淵遊泳ができるのはかれらだけ。ヴァジェンダのヴァイタル・エネルギー流にもぐっても、とてつもないエネルギーで消耗することがない。からだを持たない意識となってエネルギー流を操作したり、特定方向に誘導したり、深淵の地すべてに公平に分配したりできる。

ルラ・スサンがヴァイタル・エネルギーを正確に計量してサイリンにとどけ、サイリンがそれを物質に転換し、DNA設計図に沿って巨大貯蔵庫の部品を製造する、という流れだ。

最初の貯蔵庫群はヴァジェンダ王冠の建造に使われ、大いなる再建の準備に組みこまれる。ティジドたちがオイゲン・ステーションで全深淵住民の遺伝子データを計測・保管したように、ルラ・スサンは全深淵住民のメンタル・データを意識コピイのかたちでヴァジェンダ王冠に保管し、いつでも呼びだせるようにした。

ヴァジェンダの麓にヴァイタル・エネルギー貯蔵庫のふたつめのリングが完成すると、サイリンのほかの作品は深淵の地全土に分配された。スタルセンは最初に貯蔵庫が導入された領域のひとつだ。地下洞窟にぜんぶで十八基の貯蔵庫が配備され、突然ヴァジェンダが作動停止した場合の致命的結果にそなえて大都市を守ることになる。

こうして時が過ぎていく。

光の地平では、大いなる再建に向けての準備活動が終わりに近づいた。

もうじきだと、時空エンジニアは確信していた。もうじき、大胆不敵な計画を実行にうつすときがくる。

もうじき……数百年、あるいは数千年後……

5

外にある深紅の大海は、むきだしになった怪物の血管さながら、どこまでもひろがる光の地平と、ロイヤルブルーに輝く壮大な最後の稜堡を隔てている。そのエネルギー海のなかを、スウ・オオン・フーが疲れも見せずに泳ぎまわっていた。テレパシーの叫び、憎悪と絶望に満ちた罵倒の言葉は、稜堡のプシオン壁に阻まれて減衰される。

ののしるがいい、深淵遊泳者。ミゼルヒンはそう思考しつつ、階段に身をゆだねた。階段はみずからかれを世界のへりへと運んでいく。想像できるなかでもっとも恐ろしい奈落の向こう側で金色の光を発している、創造の山へと。呪うがいい、深淵遊泳者よ。われわれは呪われるようなことをしたのだから。はるかな高みにのぼり、力強き者の天国にある名もなき門をこの目で見た。われわれは死に打ち勝った。聞く耳を持たぬ石が、声に出さない願いを聞き入れたのだ。われわれは時間を眩惑した。時間はこちらに気づくことさえなく通りすぎていく。空間もわれわれの前にひざまずいた。

しかし、こうした勝利もすべて、大岩のごときわれらの無力感にくらべたら砂粒にすぎない。

五名だ。ぜんぶで十五万名のうち、グレイの道を行かなかった者はたった五名のみ。この計画が失敗したら、われわれも深淵の息吹《いぶき》にのみこまれてしまうだろう。

階段はミゼルヒンを地下の丸天井空間から、稜堡の外壁に唯一ある扉へと運んでいく。ロイヤルブルーの壁をつらぬく扉は、目には見えない。かれはおちつきなく階段を駆りたて、扉を大きく開けはなった。開口部から金色の光が押しよせ、青く薄暗い稜堡の内部をつらぬく。

ミゼルヒンは扉を抜けて、鳥のごとく飛んだ。目の前にも上空にも、右にも左にも、創造の山の光が満ちている。

山は深淵の虚無のなかに浮遊しながら、墜落することはない。あらゆる光子が生じたとたん黒くなるほどの闇のなか、それじたい輝く恒星のようだ。目眩がするほど高くそびえ、ほかの山々が深淵定数のもとに連なるところでは、実際の大きさがあらわれる。

その頂上はだれも見たことがない。そもそも頂上と呼べるものがあるならば。どんどんのびているのだ……測定できない高度へ。全知の盲者たちが君臨する高みへと。かれら、物質の泉の申し子は、その目ですべてを見ていながら、見たものをたちまち忘れてしまう……

白熱する山は内側から深い金色に輝く光の地平に、光でできた繊細な金のネットを投げかける。その明るさはあまりに強烈で、ミゼルヒンのような不死者の意志によっても、眩惑する流れを弱めたり、光の背後にある秘密を探ったりはけっしてできない。

この山はただの山ではないのだ。

プシオン性の情報記憶フィールド、変異したトリイクル9の基部である。物質世界でいう物体とはまったく無関係で、べつの世界に由来し、べつの法則にしたがう。その凝集したプシオン力と比較したら、ヴァジェンダが数百万年のあいだ深淵の地の洞窟網に供給してきた全エネルギーすら、一銀河をまるごとのみこむ大海の一滴といったところ。創造をになう元素からなる不滅の巨人は破壊不能で、その力は手のとどくところに遍在する。ミゼルヒンは一瞬、目眩をおぼえ、いまになってはっきりと認識した。この偉大な力を自分たちの道具にしようとするなんて、われわれはなんと不遜だったのか。まさに狂気のもくろみ、けっしてやってはいけないことだ！　最初の再建計画が失敗に終わったあと、惑わされるべきではなかったのに、種族は二度ともどれぬ道に足を踏み入れてしまった。グレイの道に。それをまぬがれたのは、自分とほか四名だけ。

山は究極の力を持つ。それを利用しようとする者を破滅させるのだ。

創造の山は、境界防塁の壮大な断崖絶壁の近くでは侏儒のように見えるが、それでも第二の防塁のごとく深淵の地にそびえる。その場所にあるのは虚無、すなわち深淵の想像もおよばぬグレイの空隙《くうげき》のみ。しかし、山はその圧倒的な存在感で、その光で、その根本的な力で、空隙を満たしている。

山と世界のへりとのあいだには、深い峡谷が口を開けていた。底までどれくらいあるのか、だれも知らない。はてしない虚無のなかでは、空間と時間の基準が意味を持たなくなるから。この奈落は自身の存在を否定する。物体世界との境いにある非物体なのだ。創造が体現する〝イエス〟を圧する、不気味な〝ノー〟ということ。

その、高位勢力でさえ震撼《しんかん》させるような奈落には数千の橋がかかり、山の黄金の光に照らされて磨かれたクリスタルガラスのようにきらめいている。橋は大胆な弧を描いて峡谷の上にのび、山と深淵の地を結んでいた。世界のへりは全長ほぼ二十九兆七千億キロメートル。そのわずかにわかるカーブに沿って橋はびっしり、輝く境界石となってならんでいる。数千キロメートルにわたって分散された橋頭堡《きょうとうほ》が、ロイヤルブルーに光る最後の稜堡の防壁を睥睨《へいげい》しつつ、いつかそれが破壊されて塵《ちり》と化す日を待っている。

奈落は半狂乱になって熱烈にそれを欲しているが、橋は急がない。山と同じく、橋もまた、深淵の地が長くもたないと知っているから。深淵の地も時間が支配するほかのすべてのものと同様、うつろう運命なのである。

あの橋はわれわれみたいだ、と、ミゼルヒンは考えた。冷たく、変わることがない。冷たく明るい……星々の光きらめく氷のように。

クリスタルの切子面の輝きが、世界のへりをひとつの冷たい光の炎に変える。その明るさが、ミゼルヒンの魂へと忍びよっていた影を追いはらう。影は、生命のひろい大通りからせまい道が分岐するところで待っていたのだ。それはグレイの道。黒い静寂だけがある、どことも知れぬ場所につづく道。

だが明るい光のなかでは、影の記憶さえ薄れていく。光がミゼルヒンの四肢を軽くした。からだの重さと心の悩みから解放され、かれは冷たい炎に向かって飛翔する。

飛びながら、笑い声をあげた。

声が響きわたる。平原に、峡谷に。巨大な黄金の山にぶつかり、何十万と重なるこだまとなってはねかえる。光の地平すべてが不死者の笑いで満たされる。

あのときのようだ。定命《じょうみょう》の者たちのはかない生に向かってしずかにうなずき、めぐる星々をしずかに見つめたあのとき。希望に満ちた若き日々。未来があった日々。

あの失われた古き時代のように、ミゼルヒンは踊った。ガラスの橋の上で、冷たい炎の上で。世界と虚無のあいだにある縫い目の上を飛びながら。自分の前に空間はひざまずき、時間と死は逃げ去り、物質は屈服する。元素はこちらの支配下にある。

かれはひとりではなかった。

こんなダンスはひとりでは踊れない。

かれは笑いながらグルデンガンを抱きよせ、飛びつづけた。一瞬、ふたりは兄弟になり、次の一瞬には姉妹になり、さらには夫婦になる。最後は別れて、べつのきょうだいたちのほうを向く。

　こんどはブールンハアルと踊る。生まれたときからずっと、いちばん近くにいたきょうだいだ。それからジョイリン。その笑い声はダイヤモンドのように高く澄んで、子供の愛のように温かい。そして、ニューセニョン。創造の山の輝きのなかにいても、自身の光を発散している。

　十五万名のうち、最後にのこった五名。だが、数のすくなさが突きつける限界も、踊っていれば忘れられる。ダンスのさい、かれらは自身そのものより大きくなり、かつての姿の鏡像になる。

　世界のへりでガラス窓のような橋の上を旋回しながら、五名はひとりになる。そのひとりのなかに、全員の姿が見わけられる。

　深淵にやってきた、あのときのように。

　かれらはふたたび、あのときの不死者となる。天空の星々きらめく氷のなかにおのれを見いだし、幼子が積み木で遊ぶごとく、世界の礎石をもてあそぶ。

　とはいえ、かれらはやはり侏儒だ。かぼそい胴体は巨大な重い頭を支えきれないように見えるし、肌はしわだらけで、大きく黒い目が冷たい炎の光に照らされることはない。

　それでもこの天球の輪舞によって、物質の軛《くびき》や硬直した時間パターンから解放される。

「あの言葉を」と、かれらはささやく。
「あの力ある古き言葉を。たんなる言語以上の意味を持つ、忘れられた言語で……」

儀式がはじまる。問いが発せられ、答えが返ってくる。
空間とはなにか？
陶芸家の両手にある粘土。
時間とはなにか？
陶芸家の両手にある粘土。
陶芸家はだれか？
時空エンジニア。
陶芸家の両手にある粘土は、なにになる？
気高き門へとつづく坂道の階段に。
門を通りぬけた陶芸家は、なにになる？
光に。
光とはなにか？
陶芸家の両手にある粘土。
陶芸家はだれか？
時空エンジニア。

陶芸家は時間と空間でできた粘土をどうやってこねる？

両手を使って。

陶芸家の両手はなにか？

創造をになう元素の使者……

問いが発せられ、答えが返る。忘れられた言語による問答のなかにひそむ謎の力が、世界と現実のあいだのヴェールを引き裂き、仮象の背後にある実在をあらわにする。

ミゼルヒンは戦慄した。

五名はひとりとなり、ほかの四名が見るものをかれも見る。かれと同じく、四名もまたミゼルヒンになる。かれは、儀式のときにのみ見えるものを見ていた。創造をになう元素でできた両手……陶芸家の両手を。時間と空間を、物質とエネルギーを。それらはろくろ台の上に載った粘土のごとく、かれの思いどおりにかたちづくられる。

大きな黒い目で、ミゼルヒンは創造の山を見わたした。すべてを焦《こ》がす金色のまばゆい光が、かれの意志によって変化する。輝く黄金のなかからあらわれたのは、繊細な三次元ネット構造だ。技巧のかぎりをつくして編みあげられ、とても不思議なかたちにねじれている。そのため、どう視点を変えてみても一定の形状にならない。無数のネットがあり、そのすべてに無数の結び目がある。その結び目の……あまりに多すぎて、永久に数え終わらない……ひとつひとつで、蛍光色のらせん状物体が小刻みに震えている。

それがネットの網目から絶え間なく生まれては、無限にひろがる深淵の地に〝現在〟を満たしていく。それはあらゆるところに存在する。空中に、地面に、雲のなかに、ガラスの橋に、峡谷の上に、ロイヤルブルーの稜堡の壁に、深紅のフォーム・エネルギーの海に。命ある細胞のなかにも、死んだ物質の原子のなかにも。

これが、創造をになう元素の使者。

n次元性の搬送物質だ。これが時間と空間に、物質とエネルギーに、宇宙創造プログラミングの情報をあたえる。

宇宙のモラルコードにおける〝メッセンジャー〟である。

無数に遍在しながら、それでも自身の影にすぎない存在。時間のはじまりから全宇宙を満たしてきた創造の勝利の雄叫《おたけ》びの、かすかなエコーだ。トリイクル9は想像を絶するほど多くの情報プールが集積されたプシオン・フィールドだが、はるか昔に変異して、モラルコードの二重らせんから消えてしまった。それでも、創造の山にはその記憶がエコーとしてまだある。

ゆがんで色あせはしても、充分にのこっていて、時空構造を維持したり、物質をかたちづくったりできるのだ。深淵の地の存続は保証されている。

トリイクル9のプシ物質性基部のなかに情報エコーがのこっていなかったら、深淵の地は持ちこたえられなかっただろう。メッセンジャーの情報エコーが巨大な円盤世界のすみずみにまでとどかなかったら、深淵には峡谷のグレイの空隙、すなわち虚無だけが存在したはず。

通常宇宙の何十億年とつづく存在形態が、情報を満載したプシオン二重らせんの搬送物質によって維持されるのと同じく、深淵の地は創造の山によって維持されているのだ。

そして、ものごとの実在とありようを決定するメッセンジャーは、不死者五名の意志にしたがう。

これこそが、時空エンジニアの秘密であった。

かれらは創造と協定をかわしたのである。情報プールに手を出すことはしないが、創造プログラミングと創造物のあいだの情報搬送をになうメッセンジャーは自分たちの思いどおりにすると。

かれらが空間に命令すれば、一光年は一歩の距離に縮まる。

時間に命令すれば、時間はかれらを素通りし、その肉体が経年劣化して朽ちることのないようにする。

かれらの心臓を突き刺そうとするナイフは空気に変わり、その命が損なわれることはない。

かれらが命令すれば重力は消滅し、暑熱は涼しさを運ぶ。

禁止事項はひとつだけ。創造物を破壊したり生命体を殺したりして、創造の力を悪用してはならない。

かれらは自然法則を道具とする建築家である。

すなわち、時空エンジニア。

十五万名のうち、最後の五名だ。

五名は山の黄金の光を浴びて踊り、メッセンジャーの海で泳ぐ。儀式のなかで、かれらは自分たちがなるべき者になる。気高き門につづく坂道の階段をのぼって門をくぐったなら、なるべき者に。侏儒のからだがほっそりと伸びて、魂の光が肉体から透けて見えるようになり、からだが光に変わる。光の姿でかれらは踊り、輝く日で創造の山を見あげ、深淵の地と高地をつなぐ扉がある場所を見つめる。

扉はかれらを招くように開いている。はるか昔には、五名の力で突破できないほど厳重に閉ざされていたが、いまは開いている。だが、かれらは無言の招きに応じない。

その敷居をまたいではならないと、わかっているから。

かれらの前に、ほかの者たちがそれをためしたのだ。そして、高地へ行くのではなく、二度ともどれないグレイの道に足を踏み入れてしまった。

とても近くにありながら到達できない扉を、かれらは見あげる。儀式は完了し、ダンスも終わる。

光が消え、星のように澄んだ笑い声もしずまる。

心地よい疲れとともに、かれらは世界のへりに立っていた。黒い目には、ガラスの橋の冷たい炎と創造の山のまばゆい光がうつる。峡谷は貪欲に口を開けている。

「かれらがくる」ミゼルヒンがつぶやいた。

ほかの四名はうなずく。だれのことか、全員が知っているから。コスモクラートの偵察員……深淵の三騎士が、境界防塁をこえて光の地平に到達したのだ。

「かれらだけか?」ニューセニョンが訊く。

「ホルトがいっしょだ」グルデンガンが答えた。

「それはいい」と、ジョイリン。

「敵がシュプールを追えるから」ブールンハアルが締めくくる。

ミゼルヒンはきょうだいたちを順番に見て、

「行こう」と、うながした。「稜堡にもどり、監視塔にのぼる。警戒をおこたらず、やるべきことにとりかかるのだ」

6　深淵の地・知られざる物語　その三

深淵の地の心臓は強く規則正しく打っている。ほぼ無尽蔵のプシオンがヴァジェンダからあふれ、遠くまで分岐した地下洞窟システムにヴァイタル・エネルギーが流れて、潜在するグレイ作用が破滅的な力を発揮するのを防ぐ。この流れを操るのはルラ・スサンだ。どんな辺鄙《へんぴ》な領域にも充分な量の生命エネルギーがとどくよう気を配り、想像を絶する巨大洞窟網で分配センターの役割となるヴァイタル・エネルギー貯蔵庫にエネルギーを満たす。そのさい、ヴァイタル・エネルギーの流れにのまれてしまう深淵遊泳者も、ときおりいた。すると任務も出自も忘れて自我を失い、プシオンの大海の一滴となる。その実在は時の流れとともに貯蔵庫のなかに押し流され、意識と魂をそこにゆだねることになるのだ。

深淵穴と深淵リフトを使ってスタルセンにやってくる補助種族は相《あ》いかわらずいた。深淵学校で将来の任務に関する訓練を受けるためだが、新参者の数はすくなくなっている。時空エンジニアによる協力者の受け入れがほぼ終わりを迎え、強化の段階に入ったからだ。大いなる再建の第一段階がはじまったということ。

数名の新参者が深淵穴での奇妙な出来事について報告した。深淵監視者が敵意ある行動に出てきたという。しかし、この報告が光の地平にまでとどくことはなく、やがて忘れられる。

数十億にのぼる深淵住民たちは、しだいに興奮の渦に巻きこまれたから。

大いなる再建がはじまったのだ！

ムータン領では、ティジドとその補助者による全深淵種族の遺伝子計測が終了する。数えきれないほどの世代にわたる者たちが作業にとりくみ、ついにティジドは光の地平に報告を送ることができた。任務完了。

ほぼ同じころ……時間を十年でなく一万年という単位で考える時空エンジニアの基準でだが……ヴァジェンダからも似たような報告がとどいた。ヴァジェンダ王冠のヴァイタル・エネルギー貯蔵庫がメンタルコピイ数十億の作成・保管を終えたのだ。いま生きている深淵住民すべての意識コピイを保管するなど、不可能だとだれでも考えるだろう。ところが、ジャシェムのシントロン・コンピュータで全深淵種族の平均メンタル値を算出できることが、かなりの蓋然性でわかったのである。

これら遺伝子とメンタルの計測値は、時空エンジニアが考えるトリイクル9再建において根底となるもの。

そのもっとも重要な補助手段が、これまでは人員と物質の輸送にのみ使われてきた転送機ドームだった。

さらに、サイリン種族がいる。かれらはすでにヴァイタル・エネルギー貯蔵庫の製造時に真価を発揮している。

サイリンは大いなる再建の詳細を最初に知らされた補助種族のひとつだが、時空エンジニアはその性格からして、今回も個人的に姿をあらわすことはない。ルラ・スサンを使者に指名し、ヴァジェンダのプシオン力を使ってサイリンにテレパシー・メッセージを送ると決めた。

ルラ・スサンはこれにしたがう。サイリンは、ヴァジェンダがみずから自分たちに語りかけてきたように感じた。

サイリンたちが知ったところでは、深淵の地は再建計画の骨組みになる。つまり、トリイクル9のかわりにつくりだすプシオン・フィールドの土台部分だ。だが、主要ファクターは数十億の深淵住民である。各個人がプシオンの搬送体となる。一名の発するプシオンは高感度装置を使わなければ測定できないほどわずかなものだが、ぜんぶ合わせれば、トリイクル9に匹敵する強力なプシオン・フィールドが生じるはず。

全深淵住民が必要なプシオン潜在力を提供するうちに、べつの問題が生じた。モラルコードの各フィールドはいずれも、ほかのフィールドと区別できるような特定の情報パターンを持っている。ゆえに、深淵種族がつくりだすプシオン・フィールドにも、トリクル9の変異前の情報パターンを〝刻印〟しなければならない。それが成功してはじめて、モラルコードの修復が完了するのだ。したがって時空エンジニアは、このパターンに沿って諸種族を深淵の地全域に分散させることにした。

こうして、それまでにない規模の種族移動がはじまった！

一光年におよぶ深淵の地で、ある場所からべつの場所に一種族をまるごと瞬時に移動させなくてはならない。そのため、ジャシェムはこれまでの転送機ドームにグラス形の上部構造物を付設する。フィクティヴ転送機の原理で作動する、非常に複雑な技術機器だ。これでティジドが遺伝子測定した生物はすべて、深淵の地の任意の場所に転送可能となる。ただ、フィクティヴ装置が転送するのは遺伝子測定した知性体と、その着衣およびからだに身につけている些細《ささい》なものだけ。つまり、無一文の状態で見知らぬ場所に転送されてしまうことになる。

そのかれらにもとめられる生活用品や必要な技術機器を提供し、新しい環境になじむまでサポートするのが、サイリンの役目であった。

種族放浪のはじまりだ。

サイリンたちは深淵の地のあらゆる場所に精力的におもむき、財産を根こそぎ奪われた者たちを助けてなぐさめをあたえた。

ティジドはオイゲン・ステーションで、自分たちが無数に集めた遺伝子データにもとづく大々的な変動を監視していた。だが、数十年が過ぎても望む結果は得られない。情報パターンもこれだけの規模になると、ひとつの部分を組みかえるだけでも無限の可能性がある。あまりに多すぎて、計画に沿って行動することも、系統だてたやり方で許容できる期限内に成果を得ることも、できそうにない。

時空エンジニアは計画を見なおすことにした。時間がさしせまっていると感じたから。月日がむだに過ぎていけばいくほど、消えたプシオン・フィールドをオルドバンが発見する可能性は高くなる。トリイクル9が見つかれば、時空エンジニアのこれまでの苦労はすべて水の泡だ。

こうしてかれらは、コスモクラートの信頼をみすみす失うことになった。モラルコードの修復を成功させるという、超越知性体にふさわしいと認められるための唯一無二のチャンスをむだにしてしまったのだ。かれらの憧れは……物質の泉への進化をこえてコスモクラートの域に達し、さらには知性体のもっとも進化した段階にみずから到達するという望みは……実現しないままである。

停滞することへの恐れと失敗したくない思いから、時空エンジニアは、ジャシェムのシントロン・コンピュータでさえその長期的作用を算出できないほど危険な実験に手を染めてしまう。

長い時間を費やしてトリイクル9の情報パターンを経験的に再構築するのでなく、モラルコードの別フィールドのパターンをひな型として利用するというものだ。最初は天才的アイデアに思えた。下準備にむだな時間を使わずにすみ、パターンだけに全力集中して綿密な微調整ができるから。べつのプシオン・フィールドをコピイして、それに変化をつけていけばいい。いずれトリイクル9のパターンと一致して、はっきりしたかたちになるだろう。これなら、成功までの時間も見通せる。

ただ、宇宙の二重らせんをなすプシオン・フィールドの情報パターンを転用する手段はたったひとつしかない。フィールドのプシオン保管庫に〝栓をあけて〟その特徴的なパターンをコピイし、深淵種族の遺伝子座標に換算しなおして、広範囲にわたる深淵放浪を実施するのだ。

技術的な手段はある。

ヴァジェンダを創造するさい、すでに投入した手段だ。深淵の地の中枢にあるあの力の泉は、通常宇宙のプシオン・ネットからエネルギーを汲みあげている。

しかし、プシオン・ネットのエネルギーとプシオン性の情報記憶フィールドとでは、その強度も構造も異なる。

ヴァジェンダは制御された力の泉だが、二重らせんの一フィールドに栓をあけた場合、それは〝野生の〟力の泉となる。制御不能だし、場所も変化する。いつどこに出現するか予測できないのだ。だがこの特質こそ、大いなる再建にとって理想的であった。時空エンジニアにとり、野生の泉はランダム化の役にたつ。つまり、ある要素の総体から特定のものをランダムに選ぶ作業を、泉にまかせられるわけだ。野生の泉は、いわば自然の乱数ジェネレーターとして使えるアルゴリズムを持つということ。

この偶然の原則によって、そのつどコピイされた情報パターンの構造が決まることになる。

この偶然の原則によって、深淵の地全体に種族が振り分けられる。

世代が進むあいだに種族放浪の回数は増え、その範囲はかつてないほど拡大していく。種族放浪が起きるごとに、時空エンジニアと側近たちは、ランダム化されたパターンがもとめるものと合致するかどうか検証した。

経験を積んでいくにつれて、種族放浪のリズムは加速していく。その結果、野生の力の泉が次々に生まれては、転送機ドームのフィクティヴ装置が作動する。

時空エンジニアがやっていたのはプシオン・ルーレットだ。いつかは玉が正しいポケットに入ると思っている。野生の泉のプシオン乱数ジェネレーターによって、もとめる情報パターンがはじきだされると。

その陶酔状態のなか、時空エンジニアはふたつのことを見すごしていた。

まずは、無理な種族放浪が深淵種族に耐えがたい負担を強いたこと。サイリンが精力的に出動して生活基盤を失った者たちを支えはしたものの、めちゃくちゃな配置換えは解決できない数々の問題を引き起こすことになる。単独あるいは小グループの生命体が、しょっちゅうなんの理由もなく、無作為に選ばれた場所に移動させられてしまうのだ。一種族の全員が引きはなされて深淵の地にばらまかれ、まるで異なる複数の文化がいきなりぶつかり合う。誤解や暴力沙汰が生まれ、戦争にいたることもある。時空エンジニアの能力に対する信頼は消え、大いなる再建を成功させるという信念も揺らいだ。未知の場所におちついた同質の種族のなかでも、環境系が生活条件に完全に合致していなければ分裂が起きる。根っこを奪われた者たちはみな異なる文化を持つ。それがほかの種族と対立すれば……すべてが文明衰退、歴史意識の破壊、停滞と頽廃《たいはい》につながる。

しかし、たとえ文明衰退が時空エンジニアの目標をどれほど損なうものだとしても、もうひとつの危機の前では色あせて見える。それは、野生の力の泉を操作することで呼び起こされた危機である。

最初は兆《きざ》しがはっきりわからなかった。

場所がまちまちで、時間の間隔もかなりあいていたから。ひそんでいたグレイ作用が顕現したのだ。ルラ・スサンが調整のため介入し、グレイ作用が出現した領域に貯蔵庫のヴァイタル・エネルギーをいっきに流して無力化するしかなかった。グレイ作用は広範囲にわたって動植物のネガティヴな変異を引き起こし、知性体の攻撃欲や破壊本能を呼びさます。これに襲われた者はメンタリティが変化して、感情の振幅がせまくなり、世界観がゆがみ、倫理的・道徳的価値観をことごとく破壊されてしまう。

そして最初のグレイ生物があらわれ、深淵の地図が最初のグレイ領域に黒く塗りつぶされる。ヴァイタル・エネルギーの力で抵抗できないような現象は、まだ一時的なものであったが。

それでも、これは警告《らんよう》だったのだ。

野生の力の泉を濫用したせいで、洞窟網のヴァイタル・エネルギーの流れが妨げられるようになる。ヴァジェンダにも影響が出はじめる。

これら予想外の副作用にもかまわず、時空エンジニアはプシオン・ルーレットをつづけていた。確率論からすればじきに成果があると確信していたし、リスクはどうにかなると思えたから。

だがやがて、野生の力の泉が巻き起こす攪乱《かくらん》作用が危険値をこえる。カタストロフィはまったく突然に訪れた。トリイクル9の基部はプシ物質性だ。長期間、プシオン・エネルギーが継続して放出されていれば、影響を受けないはずはない。攪乱作用は気づかぬうちにすべてを揺さぶり、創造の山のプシ物質を不安定化させていた。いきなりなんの前ぶれもなく、プシオン・エネルギーの噴出が起きる。山と境いを接する光の地平の大部分は荒廃し、六光月はなれたヴァジェンダまで巻き添えを食った。

野生の力の泉を制御する中央ステーションは〝工事現場〟と呼ばれているが、この〝プシ噴出〟により五十パーセントが破壊され、のこる半分も著しい被害を受ける。光の地平の上空では一時的に深淵定数が効力を失い、一万名の時空エンジニアが本来の深淵次元へとほうりだされてしまった。

プシ噴出の衝撃ははるかスタルセンにも伝わる。フォーム・エネルギーでできたスタルセン壁はプシ成分をふくむため、ことのほか敏感に作用を受ける。都市外壁が不安定になったせいで、そのハイパー次元領域にひずみが生じ、スタルセンと深淵の地をつなぐ転送ゲート四基が長期間ブロックされることになる。プシ噴出のとりわけ影響が顕著なのは、すでにグレイ作用をこうむっている深淵穴だ。深淵監視者が変容すれば、通常宇宙から宇宙空間の〝下〟へ向かおうとする試みは、いつしか自殺的行為となろう。深淵監視者のもとを通過したのち、深淵リフトでスタルセンにおもむく者はだれしも、二度ともどれなくなるだろう……深淵穴が自力で再生できなければ、遠い将来には。このときはまだ障害は散発的なもので、深淵の地と高地と両方向への行き来ができていたのだが。

光の地平にいる時空エンジニアたちはプシ噴出の結果を充分に重く受けとめたものの、スタルセン壁や深淵穴の変化は見落としている。というのも、恐ろしい事実を知ったため、それを消化する必要があったから。自然死がないだけでなく、暴力行為によって死を迎える恐れも排除できる自分たちでさえ、不死身ではないとわかったのだ。創造主のお気にいりで創造をつかさどる時空エンジニアにも唯一、弱点があった。深淵定数の〝上〟では力を失ってしまうこと。そこには創造するものがなく、モラルコードの情報をやりとりするメッセンジャーもいない。まったく無力となる。

一万名の仲間が深淵に吸いこまれ、跡形もなく消えたのだから。

かれらはこの大惨事のショックで、大いなる再建を中断する。こんりんざい、野生の力の泉を濫用することはしないと誓った。一度はじめたプロセスをもとにもどせない以上、深淵の地に野生の泉が自然発生するのは避けられないが、深淵住民は今後いっさいプシオン・エネルギーを汲みあげてはならないこととする。故意にせよ知らずにせよ、あらたな種族放浪も実施しない。次のカタストロフィは起こさない。

こうして第一の深淵法が公布される。

〝ヴァジェンダに属さない力の泉に留意せよ。これを濫用すれば種族はさまよう〟というものだ。

深淵法の厳守を監視させるのに、特殊な警察を組織しなくてはならない。駆除部隊だ。時空エンジニアはこの目的にふさわしい深淵種族を採用した。身体構造、メンタリティ、科学的・技術的進化段階、すべてにおいて理想的なプリーストック人である。深淵の辺境にある同じ名前の領域出身で、筋骨隆々の巨人。二・八Gという高重力環境で育ち、感覚球体と呼ばれる奇妙な器官と高い知性を持つ。妥協なく行動するプリーストック人には、もうひとつ有利な点があった。種族放浪の対象にならなかったのだ。そのため、全員がまとまっており、文化文明も衰退をまぬがれている。

深淵定数の失効が致命的結果を招いた経験と、グレイ作用の影響が予測できないことから、時空エンジニアはさらにふたつの深淵法を公布する。これに違反した者は駆除部隊によって罰せられる。第二・第三の深淵法は以下のとおり。

〝深淵定数を変更してはならない。これに手をつければ深淵の地は破滅する〟

〝ヴァイタル・エネルギーは生命の息吹である。この流れを妨げれば生命はグレイになる〟

法の公布後、時空エンジニアは深淵の地の最外縁にある〝最後の稜堡〟に隠遁した。プシ・エネルギーでできた外壁の奥、創造の山をのぞむ場所で、消えた一万名の同志を悼みつつ、かれらは精神的混乱のようなものに襲われる。希望とありったけの善意をもって大いなる再建にとりくんできたのに、自分たちにしたがい自由意志で深淵にやってきた何十億という生命体を苦しめただけだった。

かれらはその失敗を、みずから孤立することで償うと決めた。

時間肖像画の間に一万架ある、からっぽの額縁を見ては、自分たちも不死身ではないことを痛みとともに思いだしながら。

そのあいだに深淵の地では数世代が過ぎ、ふつうの生活がもどっていた。もはや多くの種族にとり、時空エンジニアや光の地平や大いなる再建のことは伝説にすぎない。

そこに、ある変化が起きる。時空エンジニアがふたたび行動して深淵の地の命運に介入せざるをえなくなるような変化が。

巨大な円盤世界のたがいに遠くはなれた領域のいくつかで、いきなり虚無からあらわれたのだ……グレイの領主と名乗る生物が。あらたに優勢となった生命形態、グレイ生物の代表であり支配者だという。グレイの領主が行くところ、ヴァジェンダのヴァイタル・エネルギー流は涸《か》れ、ヴァイタル・エネルギー貯蔵庫は備蓄を減らすまいと見込みのない戦いをして消耗した。そして、最初のグレイ領域が地歩をかためる。

深淵の地のとてつもない広大さを考えたなら、その割合はちっぽけなものだが、癌細胞のような攻撃性と破壊力を持つ。近くにある健康な細胞をむしばみ、いたるところで転移を起こすのだ。

このグレイ領主の数は一万名。

創造の山のプシ噴出によって深淵に吸いこまれた時空エンジニアの一万名であった。深淵はかれらを殺したのでなく、グレイ生物に変容させたのだ。

時空エンジニアはそのはてしなく長い歴史において、グレイの領主というもっとも危険な敵に対峙《たいじ》することになる……

7

光の地平はどこまでも無限にのびていた。雲におおわれた空の下、はてしなく平原がひろがる。それはアトランが一万三千年の生涯に見たなかで、もっとも異質な世界であった。

ホルトの聖櫃はかれらをテレポーテーションで光の地平の奥へと運んでいた。メンタル性の断崖絶壁、境界防塁から二百万キロメートルはなれた場所だ。想像もつかない距離ではあるが……それでもこれからめざす深淵の地の最外縁、創造の山までの道のりの、ほんの一部にすぎない。

〈時空エンジニアは世界のへりにある要塞にたてこもっている〉と、聖櫃が告げた。〈ブルーのプシ物質でできた要塞だ。かれらは〝最後の稜堡〟と呼んでいるが〉

黒い箱は声のないメンタル性の笑い声をあげ、

〈どれほど堅固な防壁でも、グレイ作用とニー領の領主判事たちを永久に阻むことなどできない。たとえプシ物質でできた防壁でもな〉と、つけくわえる。

アトランは箱のおしゃべりを聞き流した。

目を細めて、二、三十キロメートル先にある巨大建造物を見る。壮大にひろがる光の地平のなか、まるでモノリスのようにそびえている。

「あれはなんだろう」と、ジェン・サリクが訊いた。「山か？」

〈〝工事現場〟だ〉聖櫃が説明する。〈光の地平に数百あるのだが、種族放浪が終了したのちは作動していない。時空エンジニアが設計し、ジャシェムが建造したものだ。ここで野生の力の泉を吸いあげていた。カタストロフィによってほとんどは破壊され、ひどく損傷したが〉

情報嵐をうまく逃れてからというもの、聖櫃はずいぶん能弁になっている。不信感をぬぐえないアトランにいわせれば、どうもしゃべりすぎだ。

「工事現場を近くで見てみてはどうだろう」テングリ・レトス＝テラクドシャンが提案した。「最後の稜堡に行くための輸送手段が見つかるかもしれない」

〈希望的観測を打ち砕いて申しわけないが〉聖櫃が割りこむ。〈あそこで探し物は見つからないと思うぞ。深淵の乗り物はもうぜんぶ稜堡に向かったはず。あたりをうかがってみても、一機のゴンドラも探知できない〉

「転送機ドームはどうなった？」アトランは訊いた。

〈ドームは光の地平にはない〉くすくす笑いが聞こえた。深淵の騎士三人ががっかりするのを見ておもしろがっているようだ。〈時空エンジニアがグレイ領主の転送機ネットを掌握《しょうあく》したさい、すべて解体してしまったから〉

「転送機ドームがない？」アトランは困惑してくりかえした。「きみの話だと、最後の稜堡は境界防塁から一光時はなれているのだったな。ここから十億キロメートル以上あるぞ！　それほどの距離をどうやって進めというのだ？　徒歩でか？」

〈そのようすを見てみたいもの！〉黒い箱はあざけるように、〈おそらく一光秒も進めば、くたくたになるだろうよ……〉

アトランは怒り心頭に発した。

〈これは驚いた。聖櫃はおまえの感情を余裕しゃくしゃく操作している〉付帯脳が淡々とコメントする。〈かれの狙いどおりだ〉

〈その狙いとは？〉と、アトラン。

〈おまえに思考させないようにすること〉

アトランは渋面をつくり、凍った光でできているような地面の一メートル上に浮かんでいる黒い箱をにらんだ。

「つまり、こういうことか」と、ぶつぶついった。「最後の稜堡に行きたければ、われわれ、きみにたよるしかないと」

〈どうしても、というわけではないがね〉ふたたびテレパシー性のくすくす笑いがアトランの意識に響いた。〈あなたたちは相対的不死なんだから、従来のやり方で世界のへりをめざせばいい。ティランのグラヴォ・エンジンはどれくらい速度が出せる?〉

「時速百キロメートル」アトランはしぶしぶ答える。

〈たいしたものだ。休まずに飛びつづければ、千百四十年もかからずに創造の山まで行けるぞ。あくまで見通しだが。どうだね?〉

「よかろう」アトランは乱暴な口調でいいはなった。「こちらのたのみはきみだけだと確信しているわけだな。ならば、躊躇は無用。われわれを連れて最後の稜堡にテレポーテーションしろ!」

〈ああ、すまないが、それは無理だ〉聖櫃は残念そうなそぶりで、〈ニー領までの長い道のりで力の大半を使いはたしてしまった。回復をはからないと。なんといっても、あなたたちのように厄介な荷物を連れてテレポーテーションするのは楽な仕事じゃないんでね。わたしほどのホルトであっても……〉

「ということは、きみ以外にホルトが何名かいるのか?」レトスがおだやかに訊いた。

〈いい質問だ〉と、付帯脳。〈どうしておまえも思いつかなかった?〉

黒い箱は大きくひと跳びして、

〈それはどうでもいい。わたしがいいたいのは、自分みたいなホルトはふたりといないということだけだ〉

「それだけはたしかだな……きみのほかの話はまったく信用できないとしても」サリクがばかにしたように応じた。

聖櫃はいきなり上方に吹っ飛び、隙間なく空をおおう白い雲のなかでちいさな点にしか見えなくなる。

「ずいぶん感じやすい箱だな」レトスがつぶやいた。「きみに侮辱されたと思ったらしい、ジェン」

サリクはどうでもいいというしぐさをする。

「行こう」アトランは遠くに見える巨大建造物をじれったそうにさししめし、「工事現場をじっくり観察しようではないか。いつになったら聖櫃がわれわれを連れて最後の稜堡にテレポーテーションする気になるか、わかったものではない」

思考命令でティランのグラヴォ・エンジンを作動させると、地面から飛び立つ。サリクとレトスもつづいた。時速百キロメートルの最高速度で、光る大地の上を飛翔していく。

アトランは自問した。光の地平のすべてがこの素材でできているのだろうか。触れると冷たく、ガラスのようになめらかだが、本質的にガラスよりずっと強固だ。地面の素材サンプルを採取しようとしてもできない。ブラスターのビームを何度もピンポイントで集中させたが、光る素材はびくともしなかった。

思わず考えたのは、ヴァジェンダが閉鎖される前の数カ月、時空エンジニアがものすごい量のヴァイタル・エネルギーを光の地平に引きこんだこと。そのエネルギーはどうなったのだろう。ここの地面の下にある洞窟システムに貯蔵されたのか？　一平方センチメートルの隙間もなしに地面を照らすこの光は、プシオン・エネルギーの一部が可視化されたものか？

なにかを探すようにあたりを見まわしてみた。深淵の地には地平線が存在しないため、百キロメートル先まで視界がとどく。そこでは温度差により、大気がゆがんで見えた。境界防塁の方向に行くにつれ、光の強度はだんだん弱まっていく印象だ。

境界防塁……

ニー領……

グレイ領主の帝国にのこしてきたドモ・ソクラト、ボンシン、クリオのことを思うと、アトランの胸は痛んだ。かれらは深淵の地の全住民と同じく、グレイになってしまったのだ。

唇を一文字に結ぶ。

ヴァジェンダの枯渇により、領主たちとグレイ作用に抵抗できるという希望はすべて完全に打ち砕かれた。深淵の不気味な力をまぬがれているのは、いまや光の地平だけ。〈だからといって、スウ・オオン・フーの主張どおりだという証拠はどこにもない〉付帯脳がいう。

しかし、アトランが伝説の時空エンジニアにいだいていたポジティヴなイメージを幻想だといったのは、あの深淵遊泳者だけではない。

領主ムータン……その最期にグレイの軛をはらいのけ、わずかな命の一瞬を光で赤々と照らしたグレイ領主……もまた、ほかの時空エンジニアの傲慢さと罪深い自己過信をとがめたのではなかったか？　そのせいで、深淵の地の種族は永遠の苦しむことになったのだと。

また、時空エンジニアのやり方に対するジャシェムのきびしい非難についてはどうか？　深淵と通常宇宙との連絡が断ち切られたのは、最終的にはグレイ作用のせいではなく、時空エンジニアの責任だといっていた。

カグラマス・ヴロトの言葉によれば、深淵の地を孤立させたのは時空エンジニアだ。生命を脅かすかれらの計画についてコスモクラートに注進するべく、ジャシェムが深淵をはなれるのを妨げるために。

永遠ともいえる長き孤立がなにをもたらしたか、アトランはスタルセンで目《ま》のあたりにした。悲惨な階級システム、その犠牲となって倒錯した友愛団やゲリオクラート……あの大都市と数百万の市民は、グレイ領主の支配から解放されたのち、わずかなあいだだけ息をつくことができたのだ。

だが、時空エンジニアはヴァジェンダを閉鎖してしまった。スタルセンも深淵の地も、ついにすべてグレイになった。

〈ヴァジェンダの閉鎖と、領主ムータンがいまわのきわに指摘した時空エンジニアの破滅的計画は、なにか関係がある〉論理セクターがきっぱりいう。〈わからないのは、グレイ領主たちがいうように、本当に時空エンジニアがその計画によって自分たちの運命を決めてしまったのかどうかだ〉

〈それはどうでもいい〉アトランはむっつりと考える。〈わたしが深淵リフトでスタルセンに行ってから目撃したものごとが、はっきり語っている。時空エンジニアが自分たちの善意をわたしに納得させたいなら、なにかヒントがほしいもの〉

〈もしかしたら、おまえを納得させる気などかれらにはないかもしれない〉付帯脳がいいかえした。

気がつくと、巨大モノリスのような工事現場のすぐ近くにきていた。細部までよく見える。

それは角張った山を思わせる構造物だった。鈍く輝く赤錆色の金属でできているようだが、実際に金属製かどうかは疑わしい。雲におおわれた深淵の地にそびえ、高さはほぼ千メートル。こちらを向いている面の全長は二十キロメートルほどか。奥行きは推測できない。目を引くのは、赤錆色の巨体のあちこちに穴があき、開口部になっていることと。

技術設備やマシンなど、プシオン・エネルギーを制御するのに使うような装置の類《たぐ》いはどこにも見あたらない。ただ光の地平に重くのしかかっている。まるで、巨人がゲームに飽きてほうりだしたままの、さいころみたいだ。

「だれかいる」ふいにジェン・サリクがいった。

「どこに？」レトスのみじかく鋭い声。

「この山の上、へりのところです」

アトランはサリクがさししめす方角を見た。黒っぽい姿がある……穴だらけのさいころ山にくらべるとじつにちっぽけだが、一様に白く明るい空の下で、それはきわだっていた。

「防御バリアを張るのだ」レトスが指示した。

アトランは抗議しようとしたが、やめておく。ハトル人のいうとおりだ。どんなリスクも冒すわけにはいかない。

かれらはさいころ山の腐食した壁に沿ってゆっくりと上昇した。さいころの開口部はほとんど幅が五十メートル以下で、なかは薄暗い。曲がって使えなくなったロボットの残骸が見えた。半分は有機体でできているらしく、毛穴の目立つ白い皮膚でおおわれている。その姿を見て、アトランはぞっとした。光を失った目が、こちらを凝視しているように思われたのだ。べつの開口部には、グライダーに似た浮遊機の溶けたスクラップがいちめんにある。

さらに上へ行くと、さいころの奥につづくらしいトンネルを発見。ガラスに似た物質でおおわれている。屈折率がかぎりなくゼロに近いため、赤錆色の巨体内部の百ないし二百メートル先まで視線がとどく。そのあとトンネルは曲がり、大きな壁がこちらの好奇の目をさえぎった。比類ないほど透明度の高い物質だというのに、あちこちに濁った個所があり、黒っぽい染みになっている。近くで観察してみて、その正体がわかった。生命体だ。人間に似た姿の者や似ていない者、三十以上の異なる種族のメンバーである。単独あるいは数名のグループが動きの途中で閉じこめられ、ここに永久保存されたものらしい。

さいころ山の暗い秘密をひと目見ただけで、時空エンジニアの引き起こしたカタストロフィの規模がわかる。創造の山のプシ噴出は警告なしに起きた。またたく間にものすごい量のプシオン・エネルギーが光の地平に放出され、数えきれないほどの世代がなしとげてきた仕事をいっぺんに破壊したのだ。時空エンジニアの協力者たちは、不運にも即死した。かれらに死をもたらしたその力が、永遠に滅びないこの霊廟を建造したということ。

アトランは戦慄しながら自問した。いったいどれほどの者がカタストロフィの犠牲になったのだろう。時空エンジニアたちは……解きはなたれたエネルギーをすべて消費し、破裂した深淵定数の壁を修理し終えたのち……これを見て、なにを感じたのか？　野生の力の泉を使ったかれらの実験が、この恐ろしい不幸の引き金となったのだ。コントロールできない創造エネルギーを濫用し、失敗して大惨事を起こした。ひとえに責任はかれらにある。

アトランはガラスの墓場から赤錆色の山に視線をうつした。隣りにはレトスがいる。ハトル人の目は、なにか考えていることをうかがわせる。レトスはこう考えていたのだ……忠実な協力者たちの多くを死なせたと知り、時空エンジニアはやりきれぬ心の痛みをおぼえたはずだが、それ以上に悲惨だったのは、自分たちの同胞一万名が深淵定数の〝上〟の次元に吸いこまれてしまったことにちがいない、と。

ホルトの聖櫃のいったことが事実なら、時空エンジニアは細胞活性装置保持者のように相対的ではなく、絶対的な意味で不死ということになる。宇宙のどんな力もかれらを殺すことはできない。それなのに、一万名もの仲間が一瞬で消えてしまったのだ。

時空エンジニアが大いなる再建の作業を即座に中断したのも無理はない。かれらが最後の稜堡に引きこもり、そのあと孤独のなかで何百年も何千年も贖罪《しょくざい》の日々をすごしたのも無理はない。

しかし、その孤立が時空エンジニアをむしばみ、罪の意識が精神を錯乱させた。そしてかれらは罪を償って善をなすかわりに、もっと罪深い行動に出る……罪悪感と痛みのせいでなかば正気を失った者しか考えつかないような計画をたて、これが決定的にジャシェムとの決裂につながったのだ。かれらは創造の山と一体化しようと考えた。トリイクル9のプシ物質性基部とひとつになり、消えたプシオン・フィールドの代替品ではなく〝新しい〟フィールドをつくろうと。

すでに再建作業に失敗しているかれらが、いったいどうしてフィールドの新造に成功するなどと考えたのであろうか？

やけを起こしたすえの最後の希望だったのだ、と、アトランは思った。

〈論理的ではあるがな〉付帯脳が反論する。

そのとき、かれらは山壁の上端に着いた。例の何者かがいる。遠くから見えたのは白い空を背にした黒っぽい輪郭だけだったが、いま、その姿がはっきりわかった。

アルコンのすべての神々にかけて！　サイリンではないか！　クリオと同じ、女の玩具職人だ！

玩具職人はじっと動かず、さいころ山の縁にすわっている。腕も脚もない洋梨形のからだはうずくまっているため、アトランより頭ひとつぶん大きいだけだ。青白い肌はしわだらけで、縦に三つならんだ手のひら大のアーモンド形の目も光を失っている。

アトランは最初、このサイリンが一生命期の終わりにあるのだと思った。やがて仮死状態に入り、細胞の老廃物をとりのぞいて再生するはずだと。ところが突然、彼女は瞳のない目を輝かせはじめた。

真っ赤な口は、驚くほど人間の女の唇に似ている。その口を軽蔑するようにゆがめて笑みをつくり、玩具職人はつぶやいた。

「またおろか者が三人、最後の稜堡に向かおうとしているね。あんたたちほど長く生きていれば、その武器で時空エンジニアの命を奪うことはできないとわかりそうなものだけど……ばかだよ。ほかの者と同じ、子供のように無知だ。世界のへりに住むあわれな狂人の、最後の忠実な協力者たち……」

サイリンはからだを震わせ、起きあがった。体長四メートルほどの大きさだ。ほぼ黒に近い目で、自分と山壁のあいだにいる男三人を見おろし、吐き捨てるようにいう。

「行け！　行って、ほかのおろか者の轍《てつ》を踏むがいい！　稜堡にいる偉大な存在から長寿を贈られながら、感謝のしるしに殺害をたくらむとは、なんと誇れる行為よ！　だが、急ぐんだね。ここから稜堡までは、光でさえ一時間かかる。見たところ、あんたたちは光と競走しても勝てそうにない。さ、急ぐんだよ！　影が長くなっているのが見えないのかい？」

「われわれ、時空エンジニアを殺すためにきたのではない」と、アトラン。「かれらに協力大いなる再建の任務をあたえた者からのメッセージをとどけにきたのだ。かれらに協力し、警告するために。スタルセンを皮切りに、深淵の地をすべて彷徨し、境界防塁のプラチナ峠をこえて光の地平に到達した。われらは深淵の騎士だ」

玩具職人はしばし沈黙した。ふたたび口を開いたとき、その声はささやきになっていた。

「ということは、事実だったんだね。ゲートは完全に閉まったわけではなかった。スタルセン……〝希望〟という名の都市」かすれた笑い声をあげる。「だが遅すぎたよ、深淵の騎士。なにが起きたか知らないの？　サインを見なかった？　境界防塁から光の地平にのびる影を。グレイ力の忍びよる音が、すぐそこに聞こえなかったかい？　光は後退し、防塁から世界のへりに向かって深淵の吐息が吹いている……わたしの名前はルーン」と、玩具職人。その声は突然、明瞭で力強いものになっていた。「わたしを見てごらん、深淵の騎士。このしわが見えるだろう？　はるか昔から、はじめてのしわだよ！　はるか昔からはじめて、わたしは老化の力に引きずりこまれ、むずむずするような若返り期の熱を感じている……これこそ、光の地平から光が消えるという明瞭な証拠じゃないかね？」

ルーンは嘆息した。

「ただ、わたしは恵まれているほうさ。自力で老化に立ち向かえるのだから……ほかの者は不運だよ。あまりに長く生きすぎたため、死と折り合いをつけられない。その死は、光が完全に消えたら訪れる。だから、急いで世界のへりに向かいなさい！　後退していく光を追いかけ、殺すことのできない者を殺すがいい！」

「アトラン！　テングリ！」ジェン・サリクが押し殺した声をあげる。「あれを！」

アルコン人とハトル人は急いで振り向いた。下には光の地平がはてしなくひろがるが、空気は濁っている。地面が発する光は、千キロメートルから二千キロメートル先でぼんやりした靄《もや》になっていた。二百万キロメートルはなれた場所のどこかで、境界防塁の鉱山が深淵定数の真下までそびえているはずだ。

しかし、その防塁の影がすでに靄のなかから忍びよっている。それが平原の光を消しているのだ。

「グレイ作用だ！」レトスが叫んだ。

〈おまえの推測どおりだったな〉付帯脳が、アトランの衝撃などおかまいなしに口をはさむ。〈平原の光は地下洞窟網からきている。ヴァイタル・エネルギーが世界のへりに流れていたのだ。そこにもグレイ力が押しよせたということ。すぐにここを去らねばならん！〉

「くそ、聖櫃はどこに行った？」と、サリク。「いつも肝心なときにいなくなる！」

アトランはルーンを見あげた。大きなアーモンド形の目が、いまはほぼ白くなっている。

「深淵作用はじきに工事現場に達する。光の地平のこのあたりもグレイ領域になるだろう。きみも逃げたほうがいい、ルーン」

「いえ、わたしはここにのこるよ」と、サイリン。「この場所でずいぶん長い時間をすごしてきた。創造の山が噴火を起こし、破滅と死が光の地平を汚染してからも、ずっとここで出番がくるのを待っていたんだ。これからも、のこって待ちつづけるよ」

雲におおわれた空に、黒い点がひとつあらわれた。それがこちらに向かって猛禽《もうきん》類のように急降下してきて、最後の瞬間に制動をかける。

「ホルトじゃないか！」玩具職人が驚いたように叫んだ。「二度めのカタストロフィのあと、ぜんぶが光の地平を去ったと思っていたけど……ジャシェムやほかの種族と同じように」

「ホルトの聖櫃を知っているのか？」アトランが急いで訊く。

「もちろん」と、ルーン。「ホルトというのは……」

〈黙れ、おしゃべりばばあ！〉聖櫃のテレパシー・インパルスだ。あまりに強い口調だったので、アトランもほかの騎士ふたりも思わず身をすくめた。

女玩具職人は憤慨してからだをそびやかし、

「なんて失礼な……！」

〈われわれ、すぐにここを去らないと〉聖櫃があわててつづける。興奮しているようだ。

〈くだらん話を聞いているひまはないのだ。早く、全員わたしにつかまれ！〉

アトランはグレイの影を調べるように見やった。百キロメートルから百二十キロメートルにわたって境界防塁の方向にあり、平原の光をのみこんでいる。

「グレイ作用がここに到達するまで、まだすこしある」淡々といった。「ホルトに関して、いくつかルーンに質問するには充分な時間だろう……」

〈おろか者！　ばか！　まぬけ！〉聖櫃は大騒ぎした。〈グレイ作用のことだけじゃないんだ。あんたには目がついていないのか？　上をよく見てみろ！〉

「飛行物体だな」と、レトス＝テラクドシャン。「大型だし、速度もある。グレイ作用より速そうだ」

アトランは目をしばたたいた。たしかにテングリのいうとおりだ。しかも、飛行物体はまっすぐこちらに向かってくる。

〈ゴンドラだよ。ニー領から領主判事クラルトを乗せてくるのだ〉聖櫃がテレパシーで告げた。黒い箱は突然また、ひねくれたユーモアセンスをとりもどしたらしく、くすくす笑う。アトランには当てつけがましく聞こえる笑いだ。〈どうやら不名誉なことに、若くかわいい騎士のひとりがクラルト老人にえらく気にいられたらしい。わたしが思うに、アトランだな。かれにはたしかに、なにかがある……たいしたものじゃないが、なにかが……〉

アルコン人は荒い鼻息をたてた。非難の言葉が舌先まで出かかったが、あわててのみこむ。ゴンドラが高速で接近するのが見えたのだ。いまにも砲火を開くかもしれない。空気の塊りが圧縮される笛のような音がかすかに聞こえていたが、しだいに地獄の轟音に変わっていく。暖かく乾いた突風が吹き、オゾンのにおいがして、熱くうなる暴風がどんどん強くなる。イオン化したガスが火を噴きながら尾を引き、進行方向の空気塊がとてつもない力で圧縮され、わきに押しやられる。ゴンドラが卓状地に驀進《ばくしん》してきた。熱風が嵐となり、空気は渦巻いて、平原と深淵定数のあいだの大気層をすべて混ぜかえす。

〈急げ！〉聖櫃がせっぱつまったようすで、〈クラルトはあなたたちを殺す気だ、時空エンジニアとコンタクトさせまいとして！〉

アトランはサリクを、それからレトスを見た。ハトル人がルーンになにか叫んでいる。アルコン人は思った。しまった！　ルーンが死んでしまう！

ひと跳びで聖櫃のそばに行くと、これをつかみ、驚いた箱がまだなにもできないうちにレトスの近くに行く。一秒後、深淵の騎士三人と女玩具職人と聖櫃の身体的コンタクトが成立。

渦巻く空からゴンドラが恐ろしげな轟音とともに、致死的な炎をあげながら降下してきた。

聖櫃はテレポーテーションする。

いきなり風景が変化した。ゴンドラも、工事現場の赤錆色のさいころ山も、嵐も、すべて消えている。かれらが立っているのは、輝くガラスのような光の地平の上だった。凍りついた光子の海がはてしなくどこまでもひろがっている。

玩具職人は身体物質を使って太くみじかい脚を一ダースつくりだし、挨拶もなしに急いで去った。騎士たちは黙って見送る。その姿が遍在する光のなかでちいさな点になり、ついに消えてしまうまで。

〈これで最後の稜堡の方向に五十万キロメートルほど近づいた〉聖櫃のテレパシーの声だ。疲れているように聞こえる。〈グレイ作用がここに到達するまで、あとすこしあるだろう〉

「だが、クラルトのゴンドラはグレイ作用より速いはず」と、アトラン。「われわれ、可及的すみやかに時空エンジニアの要塞に行かねばならん」

〈いや、それはできない……〉黒い箱が泣き言をいった。

「できるとも」アルコン人は乱暴にいいはなつ。「やるのだ。われわれ、時空エンジニアの計画の詳細がどんなものであっても、かれらがそれを実行する前に稜堡に到達せねばならぬ。そこに多くがかかっているのだ。かれらは光の地平のヴァイタル・エネルギーをすべて創造の山へと流しこみ、光の地平をグレイにしようとしている。なにかとんでもない、自殺的な計画を実行する気だ。手遅れになる前に、なんとしてもやめさせなければ」

アトランの声は呪文のように響いた。

「きみの助けが必要だ、ホルト。深淵の地の全住民が危険にさらされている。われわれがアストラル漁師や女サーレンゴルト人と遭遇したことは話したな。かれらは高地からきた……深淵穴もプシ基部にあるゲートも使わずに！　これはつまり、深淵と通常宇宙のあいだの封鎖個所が通過可能になったことを意味する。ペリー・ローダンがやりとげたのだ！　かれが多くのクロノフォシルを活性化したため、通常空間と深淵が近づいたということ！　トリイクル9はまもなく、もといたプシオン二重らせんへともどってくるだろう。そうなれば、深淵の地は排除される！」

聖櫃はためらっている。

「これはきみの義務だ、ホルト」アトランは小声でつづけた。「きみも、ほかの全ホルトも、そのためにつくられたのではないか？　転送機ネットに依存しない超光速輸送システム、テレポーテーション・マシンとして。いわば深淵タクシーだな」

〈クーリーだよ〉聖櫃が嘆息する。〈われわれ、時空エンジニアの補助種族のうち、光の地平に住む不死者たちの荷物運搬係なのさ。ここには転送機ドームがないから。だが、ジャシェムと時空エンジニアが決裂したさい、われわれホルトもほかの多くの者と同様、

光の地平を去ったのだ〉

「では、義務を遂行しろ、ホルト」アトランは命令。「われわれを最後の稜堡に連れていけ！」

〈もうクーリー役はいやだ〉黒い箱が文句をいう。〈低級な存在になってしまう。わたしにふさわしくない。なんといっても、かつては分割可能な一生命体の断片だったのに……〉

だが、そこであきらめたように黙りこみ、おとなしく近づいてきた。騎士三人の指先が冷たい金属に触れたとたん、聖櫃はテレポーテーション。

無限にひろがる光の地平の奥へと、ほぼ二百五十万キロメートル進む。

心なしか、ガラスのような地面からあふれる光がより明るく見えるものの、景色はほとんど変わらなかった。ただ、未知都市の黒いぎざぎざの輪郭が遠くに浮かびあがっている。

〈ツォルコスクだ〉と、ホルトの聖櫃。〈われらが敬愛するカグラマス・ヴロトの祖先が建造した都市で、深淵の地の縮小版だよ。シントロン・シミュレーターの役割をはたすはずだったが、思ったような性能が得られず、大いなる再建の失敗を待たずに機能停止してしまった〉

ふたたび、ジャンプ。

これで境界防塁からも、ヴァイタル・エネルギー流のあとに生じる真空へと押しよせてくるグレイの影からも、一千万キロメートルはなれたことになる。光の地平のこの領域には、高さ数百メートルの柱が複数ならんでいた。白い柱は下のほうが細く、上は太くなってまるみを帯びている。巨大な雪男の涙のようだ。ほとんどの柱が引っくり返ったりひび割れたりしていた。白い地面はチョークに似た材質を思わせるが、空気のように軽い。そこから輝く草が生い茂っている。金属製のアシみたいだ。触れると鐘のような音をたてる。

動くものはなにもない。生命の兆しは見えなかった。

純粋な光からなる砂漠だ。

「先へ行くぞ」アトランはつぶやいた。動きのない静寂の光景に気がめいる。

ホルトはテレポーテーションした。

これで千四百万キロメートル翔破したことになる。人間の想像力のおよばぬ距離だが、それでもゴールまでの道のりのほんの一部にすぎない。

アトランは周囲を見わたした。ガラスのように光る地面と、灰白色の空があるばかりだ。またテレポーテーション。

千九百万キロメートルまで進む。

輝くガラス平面の上、石を投げればとどくところに、グレイの円盤状物体がある。アトランは最初、グレイ領主の乗り物かと思ったが、よく見るとそうではなかった。ニー領で目にした陰鬱な単調さとは、グレイの色合いがちがう。

すこし躊躇したのち、近づいてみた。

スクラップだ。機体の下部は押しつぶされている。多くの個所が爆破され、その裂け目から、溶けてふたたびかたまった機器類の残骸があふれでていた。キャノピーがある上部も過熱された個所だらけで、ガラス化したしみはどれも肩かけほどの大きさだ。爆発のあとをしめすクレーターのまんなかに、機体は置き去りにされていた。

金属はすでに冷えきっている。乗員のシュプールはない。

アトランは自問した。この機はどれくらいのあいだ、ここにあったのだろう。どんな不幸に襲われたのか。なんらかの攻撃を受けたのか、あるいは自然災害によるものか。

こうべをあげ、スクラップの向こうに目をやった。視界のかたすみに、雲の天井を抜けてくる流星群がうつる。その光る物体は一分ほどのあいだ、平原と深淵定数のあいだで軌道を描いていたが、やがて急上昇し、色とりどりのエネルギーを放出しながら深淵次元にもどっていった。

〈あれはグレイの領主じゃない〉聖櫃が安心させるようにいう。〈光の地平の住民で、時空エンジニアの不死なる従者だ。グレイ作用が近づいたため、逃げているのだな。あるいは……〉そこでメンタル性のくすくす笑いをまじえ、〈時空エンジニアの裏切りを

罰しようと思ったのかも……〉

かれらはテレポーテーションした。

こんどは二千五百万キロメートルの距離まで進む。風景は変わらない。なめらかな光る大地がどこまでものびているだけだ。

三千万キロメートル。

ここではじめて植生が見えた。半透明の樹皮と銀色の木部を持つ木々だ。幹にはコルク栓抜きでつけたような傷がある。葉はついておらず、何重にも分かれた枝が格子《こうし》のようになっていた。大きな枝には瘤《こぶ》みたいな隆起があって、そこから甘い香りの樹液がしたたっている。いずれの木もすくなくとも高さ百メートル、たがいのあいだは一キロメートルほどはなれていた。木が生えているところの地面はぬかるみ、色はすりガラスのようだ。木々のあいだを凍った光の太い流れがはしり、数キロメートル先で金色に輝く三角州をつくっている。その向こうには鉛のような海が見えた。

光の地平のほかの場所と同じ、輝くガラス物質でできた急な岸壁が百メートル、険しく切り立っている。そこでかれらは小休止をとった。アトランは聖櫃のエネルギーがどれほどもつのかと心配だった。領主判事クラルトに先んじて、時空エンジニアの稜堡に着くことができるのだろうか？

はるか下では海のささやきが聞こえた。ゆっくりと岸壁によせてくる。色はほぼ黒、波はほとんどなく、グレイと白の条線が全体に入っている。その液体が、岸壁のいたるところにのぼっていくのが見えた。半分ほどの高さまで行くと、重力によってまた海にもどされる。

「この海は生きている」と、レトス＝テラクドシャン。「思考している……恐れているのだ」

「グレイ作用を」アルコン人はつぶやく。

次にかれらが到達したのは、光る岸壁から五十万キロメートルはなれた場所、思考する海のまんなかだった。一辺二キロメートルの正方形の島がある。海面に出ている高さはわずか半メートルほどだが、ここでは波がまったくなかった。条線のある黒い液体が板のようにたいらになって、はるか遠くまでのびている。

島はさいころ山と同じ赤錆色の材質でできていた。ホルトの説明によると、これも大いなる再建の時代につくられた工事現場のひとつらしい。ここでモラルコードのべつの情報記憶フィールドからプシオン・ポテンシャルが汲みあげられると、深淵の地のどこかで野生の力の泉があらわれ、転送機ドームのフィクティヴ装置が作動するわけだ。汲みあげたプシオン・フィールドの構造をここで分析し、それを座標系に換算して、人間の想像力でははかりしれない大規模な種族放浪を実行することで、情報プールの分配パターンを組みなおす。

「海はここでは思考していない」レトスが鉛のような平面をさししめした。「死んでいる。ずっと遠くまで行ってようやく、また考えはじめる。だが、岸壁のところで感じたほど明瞭な思考ではない。ぼんやりしていて単純だ」

〈この海はオオルフ・マクロファージという〉ホルトがテレパシーで伝えてきた。〈かれらの役目は、別フィールドから流入してくるプシオン・エネルギーが深淵の地で野生の泉になる前にフィルターにかけて、汚染物質を除去すること。大いなる再建がクライマックスを迎えれば、非常に多くのプシオン・フィールドが同時に汲みあげられることになり、双方向の障害が起きるのは避けられない。ひとつのプシオン流が四つや六つ、ときに十の異なるフィールドによって汚染されると、それが情報パターンのゆがみにつながる。オオルフ・マクロファージはこうした異質なエネルギー成分を感知し、それをメインのプシオン流からとりのぞいて……自分たちの栄養分にするのだ。だが、創造の山がプシ噴出を起こしたことで、マクロファージはほとんど死に絶えた。かつては深淵の地でもっとも知性の高い生物だったのだが、いまでは動物以下だ〉

かれらはさらにテレポーテーションする。

そこからほぼ千五百万キロメートル進んだ先は、多孔質の大理石でできたような土地だった。明るい縞模様のある地面には、ひろくあいだをあけて平行にはしる二本の亀裂が見える。亀裂の幅はせいぜい二、三メートルといったところだが、深さは五十メートル以上ありそうだ。そのガラスのような底から、ヴァイタル・エネルギーの金色の光が放出されている。亀裂に沿って大理石の地面が奇妙な泡立つ構造体になり、ぱちぱち音をたてながら動いているように見えた。

聞こえるのはその音だけ。

ここが本来どういう機能をはたす場所だったのか、聖櫃はひと言もコメントせず、先へ進む。

次は複数のクレーターがあった。かたちは楕円と四角で、完全に対称形であることから人工物だとわかる。そのほとんどは《バジス》が着陸できるほど大きい。クレーター底と壁は多彩な切子面で隙間なくおおわれている。アトランはひと目見てすぐにわかった。この切子面は転送機ドームの上部にあるグラス形の構造物、あとからジャシェムがつけたしたフィクティヴ装置と同じだ。

〈ここからフィクティヴ転送のようすを監視していたのだ〉と、ホルトの聖櫃が裏づけた。〈ほかにも似たような監視施設がたくさんある〉

さらに先へ。

これで境界防塁から六千五百万キロメートルはなれたことになる。

緑豊かな斜面を持つ谷地が長くのびていた。斜面のいたるところからクリスタルのように透明な水が湧きだし、谷に流れて幅ひろい清涼な川をつくっている。肥沃《ひよく》な地面には植物があふれていた。木々の梢では十万羽の鳥がさえずっているような美しいメロディが聞こえる。だが、みじかい休憩のあいだにアトランが鳥の姿を見ることは一度もなかった。

ホルトの説明によれば、この谷の風景は非公開の環境システムらしい。光の地平のこのあたりに集中していて、時空エンジニアの協力者の保養場所になっていたという。リゾート施設というわけだ。だが、これまで訪れたところと同様、閑散としている。

前進した。

さらに前進。

かれらは数分間隔で、ホルトとともに深淵の地の辺縁をめざしていった。創造の山の麓にある、時空エンジニアの最後の稜堡へと。次に着いた場所では、真っ赤に揺らめくフォーム・エネルギーでできた巨大な円錐が、突破不能な雲の天井に向かって伸びていた。それが指ぬきほどの大きさに縮んだと思うと、また伸びて巨大になる。この拍動するエネルギーの山が空気を振動させ、ひゅうひゅう鳴る音が大きくなったりちいさくなったりする。円錐の伸び縮みに合わせた伴奏のようだ。雲明かりの下には溶けた金属が輝く十万の湖が放射状にならび、家ほどの大きさの一ダイヤモンドをかこんでいる。一行が実体化すると、ダイヤモンドはため息のようなものをもらし、目を焦がさんばかりにまばゆく光り輝いた。

次の停泊地は翡翠《ひすい》色の砂漠だった。数十もの竜巻が空気をかきまぜて嵐を巻き起こしているが、グリーンの砂漠は動くことなく嵐に耐えている。竜巻がおさまったときだけ、その下にあった砂が動きはじめて砂丘をつくり、数キロメートルにわたって荒野のなかをあてどなくさまよう。また竜巻がくれば砂は動きをとめ、なめらかな表面をたもったまま、次に風がやむときをじっと待つのだった。

さらに五百万ないし一千万キロメートル進むと、こんどは巨大なマシン複合体が見つかった。マシンはアンテナやプロジェクター、絡み合うパイプラインからなる景色の上空に、反重力クッションで浮遊している。パイプラインはひとまとまりのシステムになっているが、直径一メートルのパイプがどういう物質を送りだしていたのかは不明だ。この設備の目的もわからない。巨大マシンの動きは不安定で、アトランはみじかい休憩時間のあいだにぜんぶで六基、墜落したり壊れたりするのを目撃した。

〈ここはかつてジャシェムの作業所だった〉と、聖櫃が教える。〈かれらが時空エンジニアと袂《たもと》を分かち、サイバーランドに移住するまで〉

さらに先へ。

ここまでで、ほぼ二億キロメートルを翔破した。ホルトは力を消耗している。一行は切り立った峡谷の底に蛍光を発する苔《こけ》が繁茂する場所で、長めの休息をとることにした。ここもやはり静寂と孤独のなかにある。二時間ほどすると、ホルトは元気をとりもどし、また出発できると告げた。

かれはどうやってエネルギーを得ているのだろう？　アトランは自問した。地下洞窟からヴァイタル・エネルギーを吸いあげているのか？

かれらはふたたびガラスの輝きを持つ地面で実体化した。心なしか、ここでは地面が光の地平のはしよりも明るい気がする。表面は傷ひとつなく、なめらかだ。観察していたアトランは、突然そこが明滅したように感じた。明滅はくりかえされ、やがて平原じゅうにひろがっていく。まるで巨大なストロボスコープのごとく、光っては消え、光っては消え……

〈大変だ！〉ホルトがあわてていう。〈ヴァイタル・エネルギーの流れが速まっている。急がないと！　グレイ作用に追いつかれたら、わたしはもうエネルギーを補給できない。そうなれば、二度と世界のへりに行かれなくなる……〉

アトランは、やはりと思ってうなずいた。推測どおり、ホルトはヴァイタル・エネルギーを吸いあげていたわけだ！

さらに先へ。

テレポーテーションするたび、五百万から六百万キロメートル、ときには一千万キロメートルを翔破した。

スタルセンと同じくらいの規模の都市が、深淵の地の反対側にあった。だが、まったく無人である。銀色の搬送ベルトにも高架道にも動きがなく、ビルのあいだに見える広場や緑地にもだれもいない。ほとんどが六階建て以下のビルは、パステルカラーのクリスタル製だ。ビルの向こうにゆるい起伏の丘があった。草木はなく、白くさびしげな色をしている。その白のなかに、立像の残骸が見えた。建っていたときは深淵定数に達するほどの高さだったと思われるが、いまはほとんど台座しかのこっていない。台座は残骸と同じく純金製だ。しばしかかって立像のおおよその姿を思い描いてみたアトランは、衝撃をおぼえた。英雄めいたしぐさで雲をつかもうとする、一ヒューマノイドの輝く姿が浮かんでくる。それは……大きさはさておくとして……かつてグレイの領主ムータンがいまわのきわに見せた光の姿そのものだった。

〈ジャシェムが最後の挨拶がわりにこれを時空エンジニアに贈ったのだ〉ホルトが説明する。〈皮肉めいた敬意と同時に、高慢への警告をしめしたもの。ただ、いったいだれがこの立像を破壊したのか……〉

「たぶん時空エンジニア自身だろう」と、ジェン・サリク。「ジャシェムが背を向けたことに腹をたてて」

〈いや、時空エンジニアのしわざではない！〉ホルトは反論した。〈かれらは創造するが、けっして破壊はしない〉

さらに先へ。

ジャンプに次ぐジャンプ。

実体化するたび、風景はますます幻想的になり、いっそう奇妙で異質なものに変わっていった。境界防塁と創造の山のあいだにある平原の唯一の共通点は、地下洞窟のヴァイタル・エネルギーが地上にあふれている場所がガラスのように見えることだけだ。

さらに先へ。

テレポーテーションのたびに感じる弱い転送痛は、時間がたつにつれて絶え間ない苦痛となり、頭蓋から全身にひろがっていた。ポルレイター技術の産物であるティラン防護服はテラ製セランの最新型よりも優秀で、着用者の苦痛をやわらげる鎮痛剤を適時に処方するのだが、それでも完全に痛みがおさまるわけではない。レトスはサンスカリの力でなんとか苦痛をなだめている。かれにとり、この不思議な精神手段は、ティランの合成麻薬よりも効果的な防御になるようだ。

かれらはまたテレポーテーションした。

さらにテレポーテーション。

気がつけば、ホルトが自身と騎士三人にあたえる休息時間はしだいに長くなっていた。そのかわり、一回でこなす距離もより大きくなっている。

境界防塁から八億キロメートル……ほぼ五日かかって全行程の五分の四を翔破したところで、ホルトと騎士たちは時空エンジニアの補助種族のなかでも比較的大きな一グループに遭遇した。あるブルーの高台に実体化したときのこと。高台はしなやかな材質でできていて、削りたての金属片のようなにおいがした。遠くを見ると、複数の円錐形マシンがゆるいリングを形成し、破裂音をともなうまばゆい放電が一定間隔で生じている。高台とマシンのまんなかくらいのところに、ニスを塗ったように黒いいびつなかたちの面がひとつあり、なめらかに光るガラスの大地を暗くしていた。大きさはギャラクシス級のテラ船一隻が余裕で着陸できるほど。

その黒い面の上にゴンドラ三機が着陸していた。四機めが二セグメントに分割され、乗客が降りてくるところだ。どうやら、そのふたつからちいさめの三機に乗り換えるつもりらしい。

ゴンドラの乗員とコンタクトをとるべく休憩を入れようという提案を、ホルトは拒否した。

アトランはがっかりし、憤慨した。ホルトの要領を得ない説明によれば、光の地平にとどまっている時空エンジニアの補助種族は相対的不死だという。付帯脳が推測したとおり、深淵の地のこのあたりにヴァイタル・エネルギーが集中していることの結果だろう。時空エンジニアがヴァジェンダを閉鎖し、いまのこっているすべてのヴァイタル・エネルギーを創造の山に流しこんでいることを、あの生物たちはどの深淵種族よりも苦々しく思っているにちがいない。すでにこれほど長く生きてきたのに、死を目のあたりにしているのだから。

かれらから、貴重な情報が得られるはずなのだが……

〈すこしでも遅れたら一巻の終わりだぞ！〉アトランの提案に対するホルトの答えだ。

〈グレイ作用はますます速度をあげている。こちらのアドバンテージなど、わずかなもの！〉

その言葉をグレイ作用が証明しようとしたかのように、かれらの背後でグレイの壁がひろがり、どんどん高くなっていく。ついに雲の天井まで達し、不気味に音もなく前方へとのしかかってきた。グレイが地面に触れた場所では光が消えていく。

さらに先へ！

ジャンプに次ぐジャンプ。

もっと遠くへ！　トリイクル9のプシ物質性基部がある創造の山まで。時空エンジニアの最後の稜堡に到達するまで。

先へ、さらにその先へ。十億キロメートルという距離をこなし、次から次へと光の地平の驚異をこえ、最大の驚異に向かって。深淵の地のなかでも目をみはるべき、世界のへりへと……

8　深淵の地・知られざる物語　その四

深淵の地の物語は、最初のグレイ領主の登場によって最終章を迎える。その正体は、深淵次元で行方知れずになり、深淵じゅうをさまよっていた一万名の時空エンジニアだ。

光の地平にいる時空エンジニアはみずから選択した孤立をやめることになる。深淵の地の状況は惨憺《さんたん》たるものだったから。何十億という補助種族の子孫たちは、ある面では種族放浪の混乱や文明の衰退によって、また時空エンジニアの無関心によって、大いなる再建のことを忘れて伝説と思うようになっていた。本来の任務をおぼえている種族も、自分たちの利害でのみ作業するようになる。深淵法に違反する者たちも増えてくる。ときには気づかぬうちに、ときには意図的に。法を破る動機はおおいにあった。どんな違反に対しても、駆除部隊は仮借なく罰をくわえる。グレイ領主が計画どおりヴァジェンダのヴァイタル流を遮断し、ひとつの区域を孤立させるようになって以来、グレイ作用はますます多くの国々におよんでいる。

このあいだに、スタルセンも深淵のほかの地から切りはなされていた。高地との連絡は……フォーム・エネルギー壁のなかにある転送ゲートが崩壊したさいに短期間、阻害されたのち……ふたたび完全に機能していたのだが、深淵監視者が深淵穴のリフトをとめてしまったから。深淵リフトはもはや、スタルセンのメンタルの呼びかけに反応しない。転送ゲートが作動しなくなって以来、深淵の地から孤立したスタルセン市民にとり、深淵穴はますます通過不能なものとなる。ほんのときたま、勇を鼓して高地から深淵におりてくる者もいるが、深淵監視者の策略に引っかかったり、スタルセンのあらたな支配者層に排除されたりした。都市社会階級システムの上層にいるゲリオクラートと友愛団だ。かれらは貯蔵庫のヴァイタル・エネルギーを悪用して物質化することで、自分たちの地位をたもっていた。

ここにいたり、時空エンジニアは重大な決定を迫られる。

失敗したことを認めるべきか？　深淵という世界につきものの困難さや、自分たちが引き受けた問題のレベルを、最初から甘く見積もっていたと正直に白状する？　グレイ作用に屈服し、深淵の地から避難して、コスモクラートの前で公式に不名誉を告白する？

あるいは、最後の手段で無理に成功を引きよせるか？　大いなる再建よりもさらに大胆かつ危険な実験に手を出すべきでは？

というのも、あたえられた任務を解決できる方法があるように思われるから。

かつてプシオン・フィールドのトリイクル9の基部があった場所には、創造プログラミングの情報が一種のエコーのかたちで存在している。このエコーがなければ、深淵の地を建造することはできなかった。ほかの宇宙創造プログラミングと同様、深淵の地もまたメッセンジャーによる永続的な情報のやりとりに依存しているのだから。

換言すると、時空エンジニアは理論的には、モラルコードのほかのプシオン・フィールドに保管されたあらゆる情報を使えるということ。ただ、情報プールの分配パターンだけが手に入らないのだ。野生の力の泉を使ったプシオン・ルーレットによって見つけだそうとした、各プシオン・フィールドによって異なる独自パターンである。

もともとの情報パターンを正確かつ完璧に再生しなければ、オリジナルのかたちでトリイクル9を再構築することはできない。

だったら、なにも再構築しなくたっていいではないか？　時空エンジニアはそう考えた。自分たちはいまや、プシオン情報記憶フィールドに関する豊富な知識を持っている。その成り立ちや機能について充分に学習したのだから、あらたにフィールドをつくりだすこともできるのでは？

再構築が不可能ならば、新しく製造すればいい！

必要な創造プログラミングの情報はトリイクル9の基部のエコーから入手できるし、新しいフィールドのプシオン構造はゼロからつくりだせる……犠牲はともなうが、理論的には可能である。

時空エンジニアたちがリスクを冒して創造の山のプシ物質と精神を一体化させ、自分たちの意識ポテンシャルを使ってあらたなプシオン・フィールドを形成するのだ。大きな犠牲をはらうことになる……肉体とおのれの意識を失うのだから。死ぬわけではないとはいえ、純粋に精神だけからなるまったく異なる存在形態として生きていくのはどういうものか、だれにもわからない。

ふたたび失敗してカタストロフィが起きるかもしれないリスクはある。だが、時空エンジニアにとっては……また宇宙のモラルコードにとっても……華々しく成功する見込みのほうがだいじだ。

決定がくだされる。

時空エンジニアはプシオン・フィールドを新造することにした。

光の地平に住むごく近しい協力者たち、とりわけジャシェムに、計画を知らせる。

だが、ジャシェムの反応には不意をつかれた。天才技術者たちはひどく驚愕したのだ。かれらにとり、時空エンジニアの計画は神への冒瀆《ぼうとく》そのもの。プシオン・フィールドを新しくつくりだすのはモラルコードの侵害にあたり、自分たちの信仰対象ともいえる創造プログラミングを変質させることになる。ほかの忠実な補助種族たちもほとんどがジャシェムと同じ意見で、計画を思いとどまるよう、時空エンジニアに迫った。狂気の沙汰としか思えない試みはあきらめろと、責めたてる。

だが、時空エンジニアはかたくなだった。プシオン・フィールドの新造は可能だし、宇宙創造プログラミングの内容を変えるわけではないので、侵害にはあたらないと主張。

論争はエスカレートする。

ジャシェムは時空エンジニアを脅した。深淵を出ていき、かれらの冒瀆的計画をコスモクラートに告げるといって。ところが、この脅迫はまったく裏目に出た。時空エンジニアが集団ヒステリー状態になったのだ。まるでこの新造計画に対し、〝時空エンジニアがいつだって役たたずで状況を制御できなくなることがこれでわかった〟と、コスモクラートが表明したかのように。役たたずとはすなわち、知性体の次の進化レベルに到達するにふさわしくないということ。

そのため、かれらは短絡的行動に出る。パニックに駆られ、創造の山と通常宇宙のコンタクトを断ち切ったのだ。時とともに再生されつつあった深淵穴もブロックしてしまう。

これで、時空エンジニア以外はだれひとり、深淵を出ることができなくなった。ジャシェムの脅しも実行不可能になったわけだ。時空エンジニアとの断絶はもう避けられない。ほかに大勢いる古くからの忠実な補助種族とともに、ジャシェムは光の地平を去った……永遠に。そしてサイバーランドに引きこもり、グレイ作用から身を守るため〝壁〟を築いて、以後は自分たちの利害しか考えなくなる。

時空エンジニアは光の地平で計画の実現に着手した。

大いなる再建のカタストロフィをまぬがれた十四万名のうち、千名だけはもとの存在形態を保持することにする。計画が成功した場合、深淵種族たちを通常宇宙に帰還させ、コスモクラートに成果を報告する者が必要になるから。

その千名がかくれ場となる最後の稜堡に引っこむ一方、十三万九千名の精鋭はガラスの橋を通って創造の山に向かう。

最初のカタストロフィがふたたびくりかえされたとき、のこった千名は驚愕し、絶望と無力感をおぼえた。時空エンジニア十三万九千名のプシオン力を凝集させても、原初の創造の力をコントロールすることはできなかったのだ。かれらの精神的介入によって基部のプシ物質は不安定になる。その揺りもどしがきて、これまでにない規模のプシオン・エネルギーが噴出、創造の山の解きはなつ力が猛威をふるう。またしても光の地平は荒廃し、深淵定数のバリアに亀裂が入り、時空エンジニア十三万九千名は深淵次元にほうりだされた。

想像を絶する出来ごとが現実となる。

十三万九千名の時空エンジニアが深淵の息吹に吸いこまれ……時がうつり、数万年が経過したのち、深淵の地全土に分散してふたたびあらわれたのだ。

変容し、異質な存在となり、深淵の息吹に満ち満ちた状態で。

グレイの領主として。

黙示録を思わせるカタストロフィを無傷で乗りこえた千名は、深淵に吸いこまれた者たちを待ち受ける運命を恐ろしいほどの明瞭さで認識し……自分たち自身の運命についても予感しはじめた。

創造の山にはジャシェムの立ち入りを封鎖する門がある。二度めのプシ噴出の根源的な力は、その封印を吹き飛ばすのでなく、強化した。プシオン・エネルギーの一部が、似たような構造を持つ封印に引きよせられたのだ。

門は二度と開かなくなる。

このプシオン封印がゆるみ、門がふたたび通行可能となるまで、長い時間を要した。

プシ噴出と深淵定数の衝撃によって、深淵穴もまた影響を受けた。時空エンジニアの操作はもとにもどせるものではない。

深淵の地は完全に孤立した。

もしかしたら、深淵穴はまた自力で再生するかもしれない。だが、それは遠い先の話……

こうして時空エンジニアは世界のへりに引きこもる。死ぬこともできず、改善の見込みがなくなった負い目で身動きとれなくなって。

数世代が過ぎ、世界は変化していったが、光の地平だけは変わらない。荒涼たる静寂の地にのこった最後の忠実な協力者たちは、稜堡にかくれ場をもとめて孤立した千名からのサインを辛抱強く待っている……前と同じように。あふれるヴァイタル・エネルギーによって不死となった協力者たちが待ちつづけるあいだ、境界防塁の向こうでは時代がうつりかわっていく。

そのあいだ、グレイ領域の数はますます増え、拡大する。

そのあいだ、グレイ領主たちは粘り強く、光の地平とヴァジェンダを遮断しようと試みる。そしてついに、境界防塁の麓にひとつのまとまったグレイ領域が出現し、グレイ勢力の中核が誕生する。ニー領だ。ここから深淵の地の掌握が計画され、組織され、最後には実現することになる。

世界のへりで稜堡にたてこもる時空エンジニア千名は、グレイ領主の動きをなすすべなく見守るしかなかった。

かれらは時空エンジニア……つくる者であり、壊す者ではない。空間と時間を支配し、物質とエネルギーを意のままにし、創造にまつわるすべての要素を手中におさめている。

そのかれらが、しだいに感じはじめている……自分たちの力には限界があると。

かれらは戦士ではない。いままでも、これからも。

かれらは創造者にほかならないのだ。

建設的作業ならば、奇蹟にひとしい結果をのこすことができる。だが破壊的作業となると、着手する前から失敗とわかっているようなもの。

だから、深淵世界がグレイになっていくのを、最後の稜堡の監視塔から眺めるしかない。

はるかにつづく光の地平にのこった忠実な協力者たちと同じく、かれらもまた待っている。待っている……なにを？

高地から助けがくるのを。遠い将来、創造の山の門の封印が開くか、あるいは深淵穴がふたたび通行可能になるのを。奇蹟が起きて、グレイ領主の暴走が阻止されるのを。

待つあいだ、時空エンジニアの数は減っていく。希望を失って自暴自棄になり、ひそかに単独で、あるいは二名で、あるいは小グループで最後の稜堡を去り、グレイの道に足を踏み入れる。深淵はかれらを吸いこみ、かれらと完全に絡まり合い、いつの日にか……数百年、数千年、あるいは数万年後……かれらをふたたび吐きだす。

グレイの領主として。

そして、不死なる時空エンジニアの基準で考えても長い年月が過ぎ去ったのち、稜堡のブルーの壁の向こうには、最終的に四十名ものこっていなかった。

そのときかれらは、プシオン封印の力が弱まったのを見る。

そこで三十名が封印された門へと向かい、コスモクラートに助けを請う。その呼びかけはひずんでいたものの、それでも目的を達した。ところが、三十名の勇者は高い代価を支払うことになる。グレイ領主の罠にはまり、グレイの道を進んでしまったのだ。

いまや、世界のへりにあるプシオン要塞の丸天井空間をさまよう時空エンジニアは五名のみ。

十五万名のうちの五名だ。

その名前は、ミゼルヒン、ニューセニョン、グルデンガン、ジョイリン、ブールンハアル。

時空エンジニアの呼び声がとどいた結果、コスモクラートから公使がひとり送られてきた。公使は創造の山の門を通過し、注意深いルラ・スサンのおかげでグレイ領主の罠をくぐりぬけ、グレイ勢力の追跡を逃れてスタルセンのフォーム・エネルギー製の壁にかくれ場を得る。そのとき五名は、永劫ともいえる年月のなかではじめて、希望のようなものを感じた。

かれらはみずからにいいきかせる。いずれコスモクラートが大軍勢を、ニー領の領主の力を打ち砕くほど強大な軍勢を派遣してくれる、と。

ところが、大軍勢のかわりにやってきたのは、たったふたりの偵察員だった。ふたりは深淵穴を経由してスタルセンに到達するも、スタルセンはグレイ領域にびっしりかこまれていたため、ヴァジェンダの凝集したヴァイタル力を使っても、ほんの数秒コンタクトをとる以上のことはできなかった。

偵察員ふたり。

最後の時空エンジニア五名は大軍勢がくると思ったのだが。

これがなにを意味するのか、かれらはすでに予感していた。その予感がはっきりするのは、公使が偵察員ふたりとともにスタルセンを去り、深淵の地を彷徨したのちニー領にいたったときのこと。三人は境界防塁をこえ、光の地平に到達している。

かれらはただの偵察員ではない。

コスモクラートのそれとは容易に区別がつく独特のオーラをまとっている。このオーラの持ち主は、特別な監視騎士団のメンバーだ。深淵の騎士……コスモクラートの使命を帯びて宇宙の秩序を監視する者。プシオン・フィールドのトリイクルＫ9帰還に寄与するべく、最終指令をあたえられている。

コスモクラートは大軍勢のかわりに深淵の騎士三人を送ってきた。

これで深淵の地の運命が決したと、最後の時空エンジニアは知る。自分たちはもう用ずみだ。変異して消えた情報記憶フィールドを再建する必要はなくなった。

なぜなら、深淵の三騎士の登場は、宇宙的意義を持つ出来ごととの先触れにほかならないから。トリイクル9が、モラルコードのプシオン二重らせんにおけるもとの場所にもどってくるということ。

深淵次元でその基部がある場所に……深淵の地が築かれたところに。トリイクル9が帰還すれば、深淵の地は通常宇宙に墜落する。べつの物理条件が支配する宇宙に。そこでは深淵の地の規模を持つ構造物は存在できない。深淵に住む何十億という生命体は、このカタストロフィを生きのびられまい。最後の時空エンジニア五名は自分たちの罪を、何十億という生物の命に関する責任を痛感している。だから、深淵種族を救う計画を練りはじめたのだ。

多くの者はそれを自殺的計画というだろう。

犯罪と呼ぶ者もいるはず。

また、グレイの領主はこれを自分たちの最終勝利だとみなすにちがいない。それでも最後の時空エンジニア五名は、ヴァジェンダを閉鎖した。力の泉は涸れはて、もはや深淵の地にはヴァイタル・エネルギーが供給されない。グレイ作用は爆発的に拡大し、境界防塁の向こうの領域はすべて深淵の息吹に満たされる。

それをまぬがれているのは光の地平だけだ。ひろく分岐する巨大地下洞窟網に、とてつもない量のヴァイタル・エネルギーが貯蔵されているから。この数カ月、深淵の次元トンネルを通って時空エンジニアの帝国に移送されたエネルギーである。それがいま、最後の稜堡に流れこみ、そこで凝集して濃縮された。光の地平はグレイ作用にゆだねられた。

もうじき最後の幕があがる。
稜堡の高い塔で、五名は待っている。
長く待つことはないだろう。
すぐ、もうすぐ、世界のへりに深淵の騎士三人がやってくる。
そうすれば……

9

かれらは深紅のエネルギー海に視線をさまよわせ、緩慢な波の向こうにある地へと目をやった。そこはいま、グレイになっている。

怒りと絶望に駆られて世界のへりにやってきた忠実な協力者数千名も、やはりグレイだ。エネルギー海をこえることはできない。時空エンジニアの力によって海岸に足どめされたのち、グレイ作用に襲われたのだ。スウ・オオン・フーほか四万名のルラ・スサンがやられたのと同様に。

グレイになった不死者たちとヴァジェンダの守護者は黙ったまま、海のこちら側で待っている。反対側で待つのは五名の不死者だ。

深淵作用にさえぎられ、五名はもう境界防塁の鉱山を見わたすことができない。とはいえ、それはどうでもよかった。

ほかの多くのことと同様に。

かれらは大きな禿頭をあげ、巨大なその目で、不死者たちのこともグレイ作用もわれ関せずといった風情の雲の天井を見つめる。ぼんやりした深淵次元のなか、ゴンドラが近づくのが見えた。

ニー領からのゴンドラだ。

領主判事クラルトが乗っている。

「最初に身も心もグレイになって深淵を去り、この地を堕落させた迷える者たちの名前をあげよ」ミゼルヒンはささやいた。

ほかの者たちが答える。迷える者たちのことを忘れないため、これまでずっとそうしてきたように。

「クラルト、トレッス、フフリー、ライーク、ストークラーク、ジョルケンロット。だが、これらはすべて偽名だ」

「もとの名前は？　本名は？」と、ミゼルヒン。

「秘匿《ひとく》されている。名誉のため」ほかの四名が答える。

「その秘匿はいつ終わる？」

「時がきたら」

「時がきたら？　いつのことか？」

「ふたたび偉大さをとりもどしたら。罪がとりのぞかれたら」

「そうしたら、どうなる？」

「われらは天空の星々きらめく氷のなかにおのれを見いだすだろう」

「そうしたら、どうなる？」

「われらは踊り、笑う。永遠に。宇宙の冬のなか、その笑いは星明かりのように冷たく響くだろう」

「時がきたら」と、ミゼルヒンはうなずく。

かれらは沈黙した。最後の稜堡にただひとつある塔に立ち、眼下に深紅のエネルギー海を見おろす。背後では、世界と山のあいだで峡谷が口を開いている。山がはなつ黄金の光を見ることができるのは、五名の黒い目だけだ。

かれらは待っている。

そして、待ち人がやってきた。なにもないところから、稜堡のロイヤルブルーの壁の前におりてくる。五名もおりた。無言のまま、監視塔から底なしの奈落へとまっさかさまに。だが、墜落寸前で空気によって制動がかかる。かれらは重力から解放され、地面にやさしく迎えられる。

「ようこそ、深淵の騎士アトラン」ミゼルヒンは歓迎の言葉を述べた。

「ようこそ、深淵の騎士ジェン・サリク」これはジョイリン。

「ようこそ、深淵の騎士テングリ・レトス＝テラクドシャン」最後はグルデンガンだ。

「ようこそ、分割可能な一生命体の断片よ」三騎士を稜堡まで連れてきたホルトには、ブールンハアルとニューセニョンが挨拶する。

「われわれ、きみたちにメッセージをとどけにきた」アルコン人アトランが告げた。

「きみたちに訊きたいことがあるのだ」テラナーのジェン・サリクがつけくわえる。

「答えてもらいたい」ハトル人のテングリ・レトス＝テラクドシャンが締めくくった。

「わかっている」と、ミゼルヒン。「われわれ、兆しを受けとり、あなたがたのメッセージを読んだ。深淵の時代が終わりに近づいたのだな。永劫の昔にこの場を去ったものが、明日にもここへもどってくる。世界を隔てる防壁はすでに崩壊した」

「だが、深淵の地はどうなる！」アトランが急いでいう。「そこに住む数十億の住民は……！」

ミゼルヒンはアルコン人を見あげて応じた。

「われわれ、あなたがたの助けが必要だ。自分たちのやるべきこと、できることはやったが、多くをあなたがたに託さなければならない。だからこそ、待っていたのだ」

「質問してもいいか？」サリクだ。

「質疑応答の時間はあとでもうける」と、ミゼルヒン。「あとで。いまはだめだ、クラルトがやってくるから。最初にグレイの道を行った六名のうちのひとりだ。かれが到着するまでに最後の準備を終えなくては。時間がない。質問で引きとめないでほしい」

深淵の三騎士はたがいに目を見かわした。

「われわれになにをしてほしいと？」レトスが時空エンジニア五名のほうを向いて訊く。

ミゼルヒンが右手をあげると、稜堡と海のあいだに、深淵定数まで達する金色の壁が生じた。

「ついてきてくれ、ハトル人」と、指示する。「深淵次元のなかで唯一、グレイの息吹に満たされていない場所があるのだ。そこに行けば、われわれだけではなくなる。孤独のなかにひとり住む古老がいるから。われわれはかれと孤独を分かち合うつもりだ」

ミゼルヒンはアトランとサリクを見て、しわだらけの思慮深げな顔にかすかな笑みを浮かべ、

「アルコン人にテラナー……あなたがたには死んでもらう。死なない死だが、それでも死せる状態で生にもどることになる」

時空エンジニアはまた手をあげ、その意志の力でふたりのティランの構成物質を制圧した。かれらの皮膚や肉や骨、神経、腱、筋肉組織、血液までも。そのため、アトランの胸にぱっくり裂け目ができて、こぶし大の穴があいたとき、一滴の血も流れることはなかった。同じ裂け目と穴がジェン・サリクの胸にも生じ、騎士ふたりのもっとも貴重な財産……〝命〟が奪いとられる。

「細胞活性装置をはずすのだ」ミゼルヒンが指示。

ふたりはしたがった。

「あなたがたの命は肉体のなかに収納される」と、時空エンジニア。「なすべきことがなされるまで、死んで生きつづけるのだ。ほかの者たちと同じくグレイになるが、それは見かけだけ。だれにも気づかれることはない。あなたがたは領主判事六名と同じ立場になり、グレイ議場の議席を得て深淵の地すべてを支配する。帰還の日……救済の日が訪れるまで」

それからミゼルヒンは説明した。ふたりが救済をなすため、衆人環視のなかでひそかになにをすべきか。どういう方法を使えば他者の疑心を打ち砕き、それと知られず救済に寄与することができるか。騎士ふたりは納得してうなずく。

「かれがくるぞ」ジョイリンが警告した。

合図とともに、細胞活性装置が騎士ふたりの胸の穴におさまる。骨と肉と皮膚の裂け目がもとどおりになり、ティランもふたたび縫い合わされた。

「行くがいい」ミゼルヒンが、世界のへりと創造の山のあいだにあるガラスの橋をさしめす。

声なき命令によって、稜堡と世界のへりのあいだが一歩の距離に縮まった。アトランとサリクがその一歩を踏みだしたとたん、距離はふたたびもとにもどる。

ミゼルヒンがふたりを見送ることはなかった。

なにが起きるか知っているから。クラルトが近づいてきたことも知っている。ここを去らなければ。手遅れになる前に。

時空エンジニア五名は暗黙の了解でたがいの手を握り合い、レトスとホルトをかこむ輪をつくる。その輪が閉じたとたん、足もとの地面が裂けた。凝集されたヴァイタル・エネルギーが、時空エンジニアの意志でも抑制できないほどものすごい迫力で表出する。ぎらぎら光るプシオン・エネルギーの柱が轟音とともにあらわれ、騎士とホルトと時空エンジニア五名をつつみこむと、雲に向かって勢いよく打ちあげられ、雲をこえていった。深淵の息吹が吹きつけても、柱はその息吹に満たされることなく、金色の装甲に守られたまま、深淵次元にある目的地へと思考の速さで向かう。古老がひとり待つ場所へと。かれの孤独を分かち合うために。

その日がくるまで。

トリイクル9が深淵にもどるその日まで。何十億という生命体の死、想像をこえた破滅が迫るその日まで。救済の日、生命の日まで。

その日はじきにくる、と、ミゼルヒンは考えた。じきにくる……

10　エピローグ

金色のエネルギー柱がとどろきながら天を穿《うが》ち、雲間に消える。アトランはこれを見て、大きな目の侏儒に心がまえをさせられていても、やはり心臓が縮みあがる思いだった。響きわたる破裂音とともに、世界のへりと創造の山のあいだにめぐらされたガラスの橋が砕ける。そのとき、領主判事のゴンドラが火の玉のごとく空にあらわれ、轟音をたてててこちらに降下してきた。

ところが、橋が崩壊して、無数のきらめく破片が世界のへりにある峡谷に降りそそぐ。騎士ふたりも巻き添えになり、恐ろしい奈落へと引きずりこまれた。

堕天使のごとく、落ちていく。

深淵の息吹が顔に吹きつける。

苦痛に満ちた墜落はいつまでもつづいた。数百万におよぶ橋の破片がとうにのみこまれたあとも、アトランとジェン・サリクはまだ落下しつづける。はるか上のほうに、クラルトのゴンドラが見えた。世界のへりと深淵定数のあいだに凍りついたように引っかかっている。時間の流れのなかで硬直していて、ふたりにはとどかない。そのふたりが落ちていく運命は、これにくらべたら死でさえやさしく親しげだと思えるほどだ。

深淵の息吹が肉体に、精神に、魂に吹きつける。

深淵の息吹は苦痛でしかない。あまりの痛みに叫ぶが、口からはひと声も出てこない。深淵の息吹はふたりから命を奪い、かわりに生でも死でもないなにかをあたえる。意味も目標もない、冷たく無価値な実存を。

こうなることは知っていたが、知ったからといって運命がより耐えやすいものになるわけではない。

支えを失い、虚無へ、どこにもない場所へ落ちていく。同伴者は深淵の息吹のみ。

それが肉体に吹きつけ、肉体はグレイになる。

それが精神に吹きつけ、精神はグレイになる。

それが魂に吹きつけ、魂は……持ちこたえた。思考と感情は深淵の息吹をとりこんでグレイ力におおわれたが、いちばん奥にあるものは守られたのだ。

ふたりはグレイ生物のように思考し、グレイ生物のように感じはじめる。それでも、もとからある自我は深淵の力に対して勝利をおさめた。

まだ落下しているが、もう恐れおののくことはない。かれらの目からは光が消え、顔はグレイの仮面をつけたようにこわばり、思考は歪曲され、感情は暗くよどんでいる。

それでも、胸のいちばん奥にだけは……いまなお命が燃えていた。

まだ落下していく途中でアトランは身をよじり、グレイになった目で空を見あげた。クラルトのゴンドラが見える。そのとき突然、息づまるような一瞬だけ、空が裂けた。世界に亀裂が生じたのだ。

そこにペリー・ローダンの顔があらわれる。

ペリー！　アトランは声なき声をあげた。わが友、古きよき友よ！　わたしは生きているぞ、たとえ死んだように見えても。心配はいらない、旧友……

だが、ローダンには聞こえないらしい。その顔が青ざめ、驚愕にゆがむ。やがて驚愕は絶望になり、絶望から憤怒に変わっていった。

とてつもない悲しみがローダンの顔に見てとれる。

生きている！　アトランはそう叫ぶが、グレイになった唇からはひと声も出ない。わたしのことで悲しむな、友よ。わたしは生きている！

幻影が消えた。

ついに落下が終わり、ふたりは強烈な力に引っ張られて上昇していく。雲の下に浮かぶゴンドラへと持ちあげられ、機体の極小セグメントに生じた隙間に勢いよく吸いこまれる。そのあいだ、深淵の地と創造の山はたがいにはなれていき、世界のへりの峡谷がどんどん大きくなった。

稜堡の麓から雲にまで達していたヴァイタル・エネルギーの柱が、消える。稜堡じたいも振動しはじめ、色あせていき、崩壊した。あとにはなにものこらない。

やがてエアロック室が閉ざされ、深淵世界が切りはなされる。アトランとジェン・サリクは床にどっと倒れた。ハッチが音をたてて閉まる。いまエアロック室にいるのは、ふたりのほか、フード姿の領主判事クラルトだけだった。

起きあがって動かずに立ちつくすふたりのようすを、クラルトは無言でじっと観察する。そのグレイの目を、表情のない顔を。グレイの思考とグレイの感情を。

沈黙を破ったのはクラルトだ。

沈黙を破ったのは、深淵の両騎士からヴァイタル・エネルギーの悪質なオーラが消えていたから。ふたりともヴァイタル・エネルギー貯蔵庫のミニチュア版をさげていないから。ふたりがついに真の生き方を見つけたとわかったから。

領主判事はだみ声で勝利の雄叫びをあげた。

「よくきた！」と、叫ぶ。「グレイ世界へようこそ。未来永劫、歓迎する！」

アトランとジェン・サリクはわずかにこうべを垂れる。これは服従のしるしではなく、同等階級者どうしの挨拶だ。

「きみの申し出はいまなお有効か？」アトランは平然と訊いた。

「有効だとも」クラルトが確言する。「きみたちふたりにニー領のグレイ議場の議席と議決権をあたえよう。今後はニー領から深淵の地全土を掌握することになる。よろしいか、領主判事アトランに領主判事サリク?」

「われわれの雇用主はグレイ世界だ」と、アトラン。

「われわれ、グレイ世界の忠実なるしもべということ」サリクが告げた。

「レトスはどこだ?」クラルトはたずねた。その声はアトランの視線と同じく、なにかをうかがうような感じだ。

「深淵次元へと去った。五名のおろか者とともに」領主判事アトランはためらいつつ、

「しばらくはヴァイタル・エネルギーに守られるだろうが、いつかは深淵の息吹の祝福を受け、われわれのもとへやってくるはず」

「どうかな……」クラルトがだみ声を出す。

「かれのことはたいした問題じゃない、これからやってくるものにくらべれば」サリクが割りこんだ。

「われわれ、深淵の地を制圧したが」アトランもうなずきながら、「グレイ世界は外からの脅威にさらされている。じきにトリイクル9が帰ってくるのだ。深淵の地は通常宇宙に墜落し、グレイ作用は消滅する。そうなると……」

アトランは楽しくもなさそうなグレイの笑みを浮かべた。

「いいたいことはわかるな、領主判事クラルト?」

「わかる」と、クラルト。「高地についてはきみたちがくわしい。なにか提案は?」

「われわれ、ニー領にもどるべきだ。すぐにグレイ議会を招集し、対策を講じなくては。トリイクル9の危険を追いはらうチャンスがひとつだけある……時間がかかるし、作業は大変だが。犠牲も大きい」

「グレイたる者、グレイ世界の存続のためなら、誇りをもって犠牲もいとわぬ」クラルトがきっぱりいう。

「わかっている」サリクはうなずいた。

「われわれ、グレイ世界の忠実なるしもべだからな」アトランがつけくわえた。

「すぐに出発だ」クラルトが会話を締めくくる。「ゴンドラの司令室に案内しよう」

かれは踵を返し、エアロック室を出ていく。アトランとジェン・サリクもためらうことなく、あとにつづいた。

やるべきことはわかっている。

これで、必要なことを実行する権力を手にした。ニー領のグレイ議場に属するあらたな領主判事として。

アトランとジェン・サリクはひそかに一瞬、視線をかわした。領主判事クラルトは急いで先に行ったため、新領主判事ふたりの唇にふと浮かんだ微笑には気づかない。その笑みはすぐにまたグレイの仮面のうしろに引っこむ。

それはグレイ生物には見られない、温かな人間らしい笑みだった。

あとがきにかえて

星谷　馨

ペリー・ローダン・シリーズ六二五巻をおとどけします。

いくつか付記しておきたいことがある。まず前半二〇ページ、ギフィ・マローダーの台詞に出てくる「老いたロバ」について、蛇足ながら説明させていただきたい。原文alter Eselはふつう「とんま、まぬけ」と訳されるので、これはもちろん悪口だ。テラの慣用句を知らないクラルトを、モジャが得意の弁舌でけむに巻く場面である。それにしても、洋の東西を問わずおろか者の象徴に使われるロバが気の毒だけど。

次に、後半冒頭に登場する詩について。これはヘルマン・ヘッセが五十歳のときに著した『荒野の狼』（*Der Steppenwolf, 1927*）に出てくるDie Unsterblichenというくだりからの抜粋だ。ヘッセと同じイニシャルを持つハリー・ハラーが主人公で、ヘルマンを連想させる女性ヘルミーネが重要な役割をはたすため、自伝的な作品といわれる。そのヘルミーネが、頽廃した時代に向けられたハリーの絶望感を救う言葉「永遠（die Ewigkeit）」を口にし、ハリーが「不死なる者たち」という詩を思いつくという流れ。わたしが持っている新潮文庫版『荒野のおおかみ』を翻訳された高橋健二氏によれば、ヘッセは一九四二年にスイスで刊行された版のあとがきで、この作品について「時代の病気と危機をあらわしているが、死と没落に通じるものでなく、治癒《ちゆ》と新生への道をあらわしている」と述べたらしい。

おお、これはコロナウイルス禍で世界の価値観が揺らいでいる今こそ読むべきものかもしれない。そう思い、緊急事態宣言下のステイホーム期間に読了しようとチャレンジしたのだったが……十数ページであえなく撃沈（笑）。せめてそのかわりにと（なんのこっちゃ）、映画『イージー・ライダー』のオープニングテーマにも使われた不朽の名曲「ワイルドでいこう！（Born To Be Wild）」をノリノリで聴いた。パフォーマーはカナダとアメリカで活躍したロックバンド、ステッペンウルフ。荒野の狼だ。

この翻訳にとりくみはじめたのは二月なかばだったと思う。そろそろコロナで巷が騒がしくなってはいたものの、本作が刊行されるころにはさすがに多少おちつくのではないかと楽観的に考えていた。だが、いまだ感染がおさまる気配はなく、目に見えないウイルスがだれの心にも重くのしかかっているように感じる。

それでも、このコロナ騒ぎのおかげでわかったことがひとつある。マスクやフェイスシールドごしでないコミュニケーションが、いかに大切でかけがえのないものだったかということだ。リスクを避けるためとはいえ、ほかの人と距離をとりなさいとすすめる「新しい生活様式」はあまりに寂しい。人間だれもみな、荒野に一匹だけ生きる狼ではいられないのだから。

では、今後のPRSの邦題を五十話、二十五冊ぶんご紹介します。例によって仮題のため、刊行時には変更されることがあります。

1251 "STALKER"「異銀河のストーカー」エルンスト・ヴルチェク
1252 "Start der Vironauten"「ヴィーロ宙航士の旅立ち」エルンスト・ヴルチェク
1253 "Aufbruch nach Erendyra"「エレンディラ銀河へ」クルト・マール
1254 "Welt ohne Hoffnung"「希望なき惑星」クルト・マール
1255 "Unternehmen Quarantäneschirm"「隔離バリア」アルント・エルマー
1256 "Die Faust des Kriegers"「戦士のこぶし」ペーター・グリーゼ
1257 "Die letzte Schlacht"「永遠の戦士ブル」H・G・フランシス
1258 "Sternenfieber"「エデンIIを探して」H・G・エーヴェルス

1259 “Der Weg nach Eden”「ネガスフィアの支配者」H・G・エーヴェルス
1260 “Der letzte Chronofossil”「最後のクロノフォシル」マリアンネ・シドウ
1261 “DEVOLUTION”「カオタークの罠」エルンスト・ヴルチェク
1262 “Schule der Helden”「英雄たちの学校」エルンスト・ヴルチェク
1263 “Die Freibeuter von Erendyra”「エレンディラ銀河の宙賊」ペーター・グリーゼ
1264 “Der Flug der LOVELY BOSCYK”「《ラヴリー・ボシック》発進！」アルント・エルマー
1265 “Die heilende Göttin”「癒しの女神」H・G・フランシス
1266 “Der Tross des Kriegers”「永遠の戦士の輜重《しちょう》隊」クルト・マール
1267 “Flucht aus Elysium”「エリュシオンからの逃走」クルト・マール
1268 “Die Tiermeister von Nagath”「ナガトの猛獣使い」ペーター・グリーゼ
1269 “Ein Auftrag für die SOL”「《ソル》の使命」デトレフ・G・ヴィンター
1270 “Der Rettungsplan”「グレイの地の救出作戦」アルント・エルマー
1271 “Finale in der Tiefe”「深淵でのフィナーレ」クルト・マール
1272 “Revolte der Ritter”「騎士たちの反乱」クルト・マール
1273 “UPANISHAD”「ウパニシャド」H・G・エーヴェルス
1274 “Die Paratau-Diebe”「パラタウ泥棒」H・G・フランシス
1275 “Die Gorim-Station”「ゴリムの基地」ペーター・グリーゼ

1276 “KODEXFIEBER”「法典熱」アルント・エルマー
1277 “Nachricht aus Gruelfin”「オヴァロンふたたび」H・G・エーヴェルス
1278 “Der Elfahder”「反徒ヴォルカイル」クルト・マール
1279 “Insel der Sternensöhne”「カルタン人物語」H・G・フランシス
1280 “Meister der Intrige”「策略の首謀者」エルンスト・ヴルチェク
1281 “Teleport”「テレポーテーション」アルント・エルマー
1282 “Sprung zum Dreiecksnebel”「三角座銀河の星雲」H・G・エーヴェルス
1283 “Der Kartanin-Konflikt”「カルタン人の葛藤」H・G・エーヴェルス
1284 “Am Pass der Icana”「勝利はかれらに」クルト・マール
1285 “Das Spiel des Lebens”「生命を賭して」クルト・マール
1286 “Comanzataras Träume”「コマンザタラの夢」ペーター・グリーゼ
1287 “In der Kalmenzone von Siom Som”「シオム・ソムの凪ゾーン」ペーター・グリーゼ
1288 “Das Barbarentor”「蛮人の門」H・G・フランシス
1289 “Sterntagebuch”「スリマヴォの冒険」エルンスト・ヴルチェク
1290 “Stalker gegen Stalker”「ストーカー対ストーカー」アルント・エルマー
1291 “Die Verblendeten”「スター・ウォリアーズ」H・G・エーヴェルス
1292 “Das Versteck der Kartanin”「カルタン人のかくれ場」マリアンネ・シドウ

1293 “Desothos Geschenk”「デソトの贈り物」H・G・フランシス
1294 “Die Botschaft des Elfahders”「エルファード人からのメッセージ」アルント・エルマー
1295 “Der neue Sotho”「新生ソト」クルト・マール
1296 “Intrigen zwischen den Sternen”「星々をめぐる陰謀」ペーター・グリーゼ
1297 “Zweikampf der Sothos”「ソトたちの決闘」H・G・エーヴェルス
1298 “Der Gorim von Aquamarin”「アクアマリンのゴリム」クルト・マール
1299 “Im Garten der ESTARTU”「エスタルトゥの庭で」エルンスト・ヴルチェク
1300 “Die Gänger des Netzes”「ネットウォーカー」クルト・マール／エルンスト・ヴルチェク

訳者略歴　東京外国語大学外国語学部ドイツ語学科卒，文筆家　訳書『永遠のオルドバン』マール，『〈つむじ風〉ミュータント』フランシス＆エーヴェルス（以上早川書房刊）他多数

HM=Hayakawa Mystery
SF=Science Fiction
JA=Japanese Author
NV=Novel
NF=Nonfiction
FT=Fantasy

宇宙英雄ローダン・シリーズ〈625〉

美《うつく》しき女《おんな》アコン人《じん》

〈SF2297〉

二〇二〇年九月二十日　印刷
二〇二〇年九月二十五日　発行

（定価はカバーに表示してあります）

著者　H・G・エーヴェルス
　　　トーマス・ツィーグラー
訳者　星《ほし》谷《や》馨《かおり》
発行者　早川浩
発行所　株式会社　早川書房
郵便番号　一〇一 - 〇〇四六
東京都千代田区神田多町二ノ二
電話　〇三 - 三二五二 - 三一一一
振替　〇〇一六〇 - 三 - 四七七九九
https://www.hayakawa-online.co.jp

乱丁・落丁本は小社制作部宛お送り下さい。
送料小社負担にてお取りかえいたします。

印刷・信毎書籍印刷株式会社　製本・株式会社川島製本所
Printed and bound in Japan
ISBN978-4-15-012297-3 C0197